# 転生小公子

羽智 遊紀

角川春樹事務所

# 目次

物語は、作者によって作られる。

だが多くの読者に読み継がれていくことで、いつしか、名作と呼ばれる物語には、作者の思い以上の願望が籠《こ》められるのではないだろうか。

そしてその思いが奇跡を生み——。

# プロローグ　思いがけない出来事

空気に秋の匂いがまざってきた。

夏のじりじりした気温がやっと和《やわ》らいでくると、人間よりも先に虫が騒ぎだす。人間にはまだ残暑と感じられても、秋の虫は秋らしく騒ぎだすのである。

そしてもう秋だというのに、人間である自分はここまでまったく夏休み＝有休が取れていなかった。

だが今日、やっと。

秋山絵里《あきやまえり》は、やっととれた有休に胸の高鳴りを隠せなかった。旅行である。二泊三日の小旅行であった。

絵里の勤《つと》めている会社は小さくて、ひとりが休みをとると会社全体に影響が出る。土日に休むことですらなかなか難しい。

だから有休をとって旅行にいくとなるとかなりの根回しが必要となる。

正月明けから根回しして秋になるころにやっととれるという有様《ありさま》だ。

それでもとれるだけましと思うしかない。温泉でゆったり本を読むのが絵里の最高の楽しみだった。

読む本は決まっている。『小公子』である。

絵里が六歳のころから何十年も読んでいる。

何十回読んでも、全部覚えてしまっても、それでもまだ楽しい小説だった。

どうして心に刺さるのかわからないが、心の本だった。

旅行の準備を追えると、出掛ける前にチェーンのカフェに行く。個人店ではなくてチェーンである。

理由は簡単で、ホットドッグがあるからだ。小公子の書かれたころにアメリカの少年が絶対食べているのがホットドッグだ。

その時代に行ければ食べないのかもしれないが、日本で想像するからにはホットドッグを食べたほうがひたりやすい。

ホットドッグと紅茶。そして『小公子』。それが絵里が元気になるための儀式であった。

カフェで一番目立たない席に陣取った。これも大切である。アメリカの貧しい少年のように行儀《ぎょうぎ》悪くホットドッグにかぶりつくためだ。

熱々のホットドッグに温かい紅茶。絵里にとってはなによりのご馳走《ちそう》だ。

マイケチャップを追加でかけるのが絵里のホットドッグだ。その方がアメリカらしいような気がする。日本のホットドッグはいいソーセージと美味《おい》しいパンで作ってあって、ケチャップはそんなに必要ない。

だが昔のアメリカ気分のためにいつもケチャップを持ち歩いていた。そのかわり口のまわりにケチャップがつくので目立たない席に座るのである。

ぱりっ、と音の出そうなソーセージにかじりつく。口の中に広がる肉汁の味を感じながら、セディはどう感じるのだろうと思う。

現代の日本人が昔のアメリカを想像するのは難しい。

しかしこうやってホットドッグを食べるとなんとなく思い起こされる気がした。

ふと隣を見ると、隣の席に男の子が座っていた。

それこそセディと同じくらいの歳だろうか。利発そうな瞳で、絵里の手元を見ている。

男の子の目の前にもホットドッグがある。きっと絵里のケチャップましましのホットドッグが気になるのだろう。

絵里がケチャップを差し出すと男の子は喜んで受け取った。

「すいません」

母親が声をかけてきた。

「いえいえ、いいですよ」

絵里はそういうと男の子の手元をながめた。

男の子が嬉しそうにホットドッグをほおばるのを見て微笑《ほほえ》ましくなる。

自分も元気な男の子になりたかったのだろうか、とふと考える。だが違う。絵里としては「自分がなる」のではなくて「見ていたい」のである。

あるいは助けたい。

そしてそれは無邪気《むじゃき》な相手がいいということだ。大人になると助けるといってもなかなか純粋《じゅんすい》にというわけにはいかない。

ましてや中小企業にいると、小公子の世界のようにはいかない。

明るく貧しくもいられないし、貴族にもなれないからだ。

とりあえず旅行に行こう。

絵里は男の子に手を振ると、あらためて旅行に向かったのだった。

「使う？」

絵里にとっての旅行というのは港である。近かろうと遠かろうととにかく港に行く。

小公子の世界に浸《ひた》れるからだ。

われながら馬鹿だとも思うが、本の世界にひたるために生きているようなものだ。

それだけいまの現実と向き合えていないということだが。

今回絵里が訪れたのは沼津《ぬまづ》であった。有名な港町だが観光地というほどではない。なんといっても見るものがない。

回転寿司や食堂が少しあって商店街がある。あとは海である。しかも泳げるわけではないから観光客で賑《にぎ》わうという感じではなかった。

だがそこがいい。今日は安いホテルでゆったりと本を読むつもりだった。

そして今日はとっておきがある。

葉巻だ。

セディの祖父は葉巻を吸っていた。だから祖父の気分になって一度吸ってみようと思っていたのである。

煙草《たばこ》も吸ったことがないので葉巻とはどういうものなのかまったくわからない。そもそも火をつけて煙を吸い込んで平気なものなのか、とも思う。

絵里は喫煙《きつえん》可能な喫茶店を見つけると、入ることにした。

今日のために喫煙道具はそろえてある。葉巻カッターにマッチ。当時のことを考えるとライターよりもマッチという気がした。

「コーヒーをください」

普段は紅茶だがコーヒーを頼む。

本を読むかぎりでは葉巻にはコーヒーがいいらしい。

イギリスの貴族なら紅茶かもしれないが、アメリカではコーヒーだろう。

葉巻はジュラルミンの葉巻入れの中に一本ずつ入っている。一本で二千円近くするものなので、なかなか手が出なかったのである。

葉巻の端を切って、マッチで火をつけた。

思いきり煙を吸い込む。

なんだか頭がくらくらするが、香りはよかった。絵里が予想していたよりもいい。それになんだか貴族っぽくって気分がよかった。

これが貴族の味なのか。

そう思って葉巻を味わった。といっても一口で充分である。

火を消して葉巻をケースに戻す。葉巻は一回で一本吸ってしまうものではないらしい。

なんとなく満足すると、不意に耐《た》えられない眠気か襲ってきた。

喫茶店の中で行儀が悪い、と思いつつ、絵里は少しだだけと思って眠りについた。

寝ていたのは五分もなかっただろう。出されたコーヒーをあわてて飲むと、絵里は店から出た。

ホテルに急いでいるあまり、信号を見落として歩いてしまった。

目の前にはトラックがいた。

え。

死ぬの？

思ったときには、絵里は意識を失っていたのだった。

目が覚《さ》めたとき、目の前には港町があった。

ただし沼津ではない。

見るかぎりは外国。絵里の感覚でいえばアメリカにいた。

夢だろうか。

自分の体を見ると半透明である。どうやら幽霊になったらしい。

幽霊はいやだな、と思う。なんといっても意識だけでなにも触れないのはつまらない。

なぜここにいるのか、と考えていると、ひとりの少女が目に入った。

「あなた、誰？」

少女が言う。英語らしいが、不思議とわかる。

「絵里。あなたは私が見えるの？」

「見える。私はエリーっていうのよ」

同じ名前だ、と絵里はなんだか嬉しくなった。

そして二人は出会うとともに悟る。

この世界のエリーは死んでしまって、その代わりとしてなぜだか絵里が呼ばれたということに。

「友達をよろしくお願いするわ、絵里」

エリーが言った。

「頑張ってる男の子だから」

「わかったわ。その子の名前は？」

絵里が答える。

「セディ」

エリーの言葉を訊き返す時間もなく、絵里の意識は消えてしまった。
そして絵里は、その日から「エリー」となったのであった。

## 第一話　小公子セディ

「ひょっとしたら、あれって小公子の作者であるバーネット様が私の願いを聞き届けてくれたのかしら。お陰《かげ》でセディの澄《す》んだ茶色の眼《め》と、金髪の巻き髪を生で見る事が出来て幸せに暮らしています。本当にありがとうございます」

「どうしたのエリー。急に祈りだして？」

突然膝《ひざ》をついて祈り出した絵里《えり》を、少年が不思議そうな顔で見てきた。昔の事を思い出していた絵里だが、慌てて立ち上がると「なんでもないわ」と笑顔を返す。

そして、誤魔化《ごまか》すように勢いよく拳《こぶし》を天に突き上げた。

「ほら！　りんご売りのお婆《ばあ》ちゃんの所へ行くんでしょ」

「そうだった。りんごを買って彼女を助けてあげないとね。よし、行こうエリー」

セドリックが笑顔を浮かべると、絵里の手を取って走り出す。そんな屈託《くったく》のないセドリックの純粋《じゅんすい》な姿に、絵里は身悶《みもだ》えしながら後に続いた。

彼女がエリーとなって一年になる。

トラックに轢《ひ》かれ、意識が朦朧《もうろう》とした状態で、自分がいるのがどこか分からないまま漂《ただよ》っていた絵里に「あなた、誰《だれ》？」と小さな声が聞こえてきた。

声に導《みちび》かれ近付くと、六歳くらいの少女が周囲を見渡しながら泣いているようであった。

「絵里。あなたは私が見えるの？」

絵里が声の主に近付き優しく声をかける。小さな少女は駆け寄って来て絵里に抱きつくと、「見える」と言いさらに号泣しだした。

あやしながら話を聞くと、彼女は数日前に高熱を出して倒れてしまい、気付くとここにいたそうだ。

真っ暗で誰も居らず、どうしていいのか分からない。そう泣きじゃくりながら説明する少女を絵里は優しく抱きしめる。

「お姉ちゃんが一緒に居てあげるから大丈夫だよ」

「お父さんもお母さんもマークも居ないの。セディもどこかに行っちゃったの。お見舞いに来てくれてたのに」

——この子、命の灯火《ともしび》が消えようとしている？

なぜか、それが分かってしまった。絵里は、動揺しながらも、それを少女に気付かれないように優しく頭を撫《な》でる。

「寂《さび》しかったのね。お姉ちゃんの名前は絵里って言うの。お名前を教えてくれるかな？」

「私はエリーっていうのよ」

「あら、私と一緒の名前ね」

「本当だね！」

名前が一緒と分かり、エリーは元気を少し取り戻したようだ。そして気を紛《まぎ》らわせる為《ため》に、お互いの話を始める。

絵里は生き甲斐《がい》である小公子の話を熱く語る。他に話す内容を持っていなかったとも言うが。

エリーは気に入ったようで、話の続きをせがんでくる。

大好きな物語であり、全文暗記している絵里である。エリーの提案を喜んで受け、熱を込めて語る。

「楽しかった！　ありがとう。お姉ちゃん」

「こっちこそ楽しかったわ」

どれくらいの時間が経《た》ったのか分からないが、絵里が話し切り満足気な表情を浮かべていると、エリーの身体《からだ》が徐々に透《す》けていくのが見えた。

「エリーちゃん、消えかかっているよ！」

焦《あせ》る絵里だが、なぜかエリーは全《すべ》てを悟《さと》った顔になっていた。

「うん、そうみたいだね。もう時間が無いんだって」

天を見ながら誰かと話している様子のエリーだったが、何度か頷《うなず》くと絵里をじっと見る。そして満面の笑みを浮かべ、消えゆく身体で抱きしめてきた。

「後は、お姉ちゃんに任せろだって」

エリー自身が消える事を受け入れているようだ。だが、こんな小さな子供が達観した表情を浮かべるなんて絵里には我慢《がまん》出来なかった。

「諦《あきら》めちゃ駄目！」

「私は消える訳じゃないの。お姉ちゃんと一緒になる？　意識が混じり合う？　そんな感じだって。だから悲しそうな顔は止《や》めて欲しいな」

「悲しくなるわよ！　エリーちゃんみたいな年端《としは》も行かない女の子に、誰がそんな事を言ってるの！」

「神様だよ」

叫《さけ》ぶ絵里だが、エリーの顔を見て黙る。先ほどまでの達観した表情でなく、最高の笑顔を浮かべているのだ。

「あのままだったら私は死んじゃってたんだって。絵里お姉ちゃんが来てくれたから、私はまだ生きていけるんだってさ」

エリーの言葉を否応《いやおう》なしに理解させられてしまう。

そう、この子を救う為に私はここに居る。あの原書小公子が光ったのはその合図だったと。涙を流す絵里に、エリーが頰《ほお》へ優しくキスをする。

「これからも一緒だよ。だからもう泣かないで」

「うん、うん……」

頭を撫でられながら何度も頷いている絵里を慈《いつく》しむように見てから、エリーが軽く手を叩《たた》いた。

「友達をよろしくお願いするわ、絵里。頑張ってる男の子だから」

「わかったわ。その子の名前は?」

絵里が訊く。

「セディ」

エリーがそう告《つ》げると、エリーが絵里の身体と重なっていく。その瞬間、不思議な感覚が絵里を包む。自分のようでありエリーでもあるのだ。

一つの身体に二つの魂《たましい》が入る感覚に戸惑《とまど》いながら絵里は静かに目を閉じる。そして記憶と感覚が混じり合い、自分が絵里であり、エリーでもあると理解出来ると、ゆっくりと目を開けた。

するとそこは、光り輝く部屋であった。視線を感じ、そちらに目を向けると、心配そうな父と母、弟のマークがいた。

――こっちの世界にやってきたのね。

覚醒《かくせい》した身体を確認しながら起き上がろうとすると、マークが支えてくれた。身体は痩《や》せ細っているが、目には力があり、元気そうな娘の様子に、父親と母親がホッとした表情を浮かべている。

「三日も目を覚《さ》まさないから心配したよ」

「医者に診《み》てもらう金も無い父さんを許してくれ」

「急に起きて、大丈夫なの？　苦しくない？」

「元気いっぱいだから大丈夫だよ。マークも心配させてごめんね」

改めて目の前に居る三名が家族だと絵里は理解出来た。そしてそっと胸に手を当て、エリーがそこに居る事も分かり安堵《あんど》のため息を吐《つ》く。

そうしてしばらくは安静にと母から言われた数日後、見舞いにきた生セドリックを見て、絵里は興奮して鼻血が出そうになるのだった。

「あれから一年が経つのね」

絵里はこっそり息をついた。一年はあっという間だ。息をつくひまもなかったと言っていい。

元の世界のことはまるで夢の中のことのようだ。

最初からエリーであったような自然さがある。

「エリー、さっきから変だよ？」

「ちょっと昔を思い出していただけだから、本当になんでも無いのよ。さ、りんご売りのおばあちゃんの所へ行きましょう」

「そうだ！　おばあちゃんを助けてあげるんだ」

セドリックは母からもらった小遣いでりんごを買って老婆《ろうば》を助けようとしていた。

その日は雨で、骨を痛めている老婆の仕事を少しでも早く終わらせてあげよう、というのだ。

りんご数個で老婆の商売が成り立つとは思えないが、絵里はセドリックの行動を止める事をしない。

「お婆ちゃんを助けてあげるなんて本当に素敵」

「エリーも助けるよ！」

「え、私も？」

自分も助ける対象だと言われ、絵里がキョトンとする。自分がセドリックを立派な小公子にする事はあっても、助けてもらえる事はなく、笑顔が報酬《ほうしゅう》だと思っていた。

「君の家も苦労しているじゃないか。タバコの売り子をして家計を支えているのを知っているよ。僕はエリーも幸せにしてあげたいんだ」

「それなんてプロポーズ。やっぱりセドリックってば尊《とうと》い……」

澄んだ茶色の目に真剣さを宿らせ、セドリックが自分を見ている。前世と今世を足《た》せば三十年近い人生経験となるが、今世になっても変わらず『小公子』好きである絵里には刺激が強すぎた。

思わず悶絶《もんぜつ》しながらお布施《ふせ》を払いそうになる。

目を輝かせているセドリックを眩《まぶ》しそうに見つめながら、絵里は同級生の特典だと言わんばかりに巻き毛を優しく撫でようとして、ハッとする。同級生とはいえ絵里が触っていいのか。いや、よくない。慌てて手を引っ込め、代わりに笑顔をセディに向ける。

「セドリックは本当に素敵な紳士ね」

「もう！　セディと呼んで欲しいって前から言ってるじゃないか。僕はエリーが大好きなんだ。だから愛称で呼んでくれないかい」

髪を撫でられ気持ちよさそうにしていたセドリックだが、子供扱いに気付いたようで、我に返り頰を膨《ふく》らませる。

そんな愛らしいセドリックの様子に、絵里は嬉しくて抱きしめたくなる。そんな内面をおくびにも出さずに絵里は微笑《ほほえ》みながら話しかける。

「ごめんね、セディ。嬉《うれ》しいよ。きっと貴方《あなた》ならエリーを幸せに出来るわ」

「もちろんだよ！　でもまずは、お婆ちゃんからだね。早く行こうよエリー」

自分と手を繫いでぐいぐいと引っ張りながら歩き始めるセディを、絵里は大人しく付いていく。

セドリック＝エロル＝フォントルロイ。イギリスの貴族の孫であり、次期伯爵《はくしゃく》となる小公子。それが未来の彼である。絵里は改めてご機嫌《きげん》なセディを眺《なが》める。

「本当に可愛《かわい》さしかないわ。さすが私の推《お》しキャラ」

小説の小公子と比べると、目の前にいるセディは小難しい話などせず、無邪気《むじゃき》さに磨きが掛かっている。

「こっちのセディも異次元の可愛さだけど、ドリンコート家のイベントが始まったら心配だわ。でも大丈夫。私がセディを守って、立派な小公子にしてあげるから」

絵里はセディの小さな手から伝わってくる温《ぬく》もりを満喫《まんきつ》しながら、七歳となった際に動き出す彼の運命に対処できるように、出来る限りの準備を始めようと決意した。


セディと一緒にりんご売りの老婆の元へ行った数日後（その日は丁度買ったりんごで最後だったらしく、老婆は早々に店を閉められたと感謝していた）。絵里はタバコを売る為に港へ来ていた。

「蒸気船や帆船が走ってるのは、何度見ても慣れないわ」

前世ならネットやテレビでしか見た事がない、蒸気船や帆船が港を縦横無尽《じゅうおうむじん》に走っていた。絵里は蒸気船から上る黒煙を眺めながら感慨深いものを感じる。

「そろそろタイタニックが話題になる頃《ころ》かしら。でも、新聞に情報がないから、まだ作ってないのでしょうね」

一九一二年に沈没する悲劇の豪華客船はまだ竣工《しゅんこう》すらされていない。この時代に朧《おぼろ》げな知識しか持っていない絵里は、様々な情報を得るため新聞を買っていた。

波止場でリンゴを齧《かじ》って休憩《きゅうけい》し、馴染《なじ》みの新聞売りの男性の元へ向かう。暇《ひま》そうに新聞を眺めている男性が絵里に気づくと笑顔になった。

「おう。タバコ売りの嬢ちゃんか」

「新聞を売って頂戴《ちょうだい》。いつもみたいにタバコ二本と交換でいい？　今日はマッチをサービスしてあげる」

「相変わらず商売上手《じょうず》だな嬢ちゃんは。じゃあ交換で頼むわ」

絵里は新聞を受け取りながら、カゴからタバコ二本を取り出して男性へ渡す。嬉しそうに火を付けタバコを吸い始めた男性を横目に、絵里は慣れた様子で新聞に目を通していく。

「『ドリンコート伯爵の子息達が全滅か⁉　長男ベヴィス卿《きょう》に続き、次男モーリス卿も熱病で死去。今後のドリンコート家から目が離せない』――ついに来たわね」

「七歳の女の子が新聞を読むのは何度見ても不思議な光景だな。何か気になる記事でもあったかい？」

熱心に新聞を読む絵里が小さく呟《つぶや》き、それを聞いた新聞売りの男性が感心した顔で確認してくる。男性は、自分は新聞を売るが、積極的に読もうとは思わない、という人間だった。

そんな男にとって、難しい顔でドリンコート家の醜聞記事に目を通している絵里は大人びて見えるのだろう。

絵里が英字新聞を読めるのは英文原作の小公子のお陰《かげ》である。まさかこんな所で役に立つとは。

そう思いながら、新聞に隅《すみ》から隅まで目を通した絵里は新聞を折り畳《たた》むと、タバコを吸いきって満足気な表情を浮かべている男性へ声を掛ける。

「急用を思い出したから帰るわ。おじさんはタバコの吸いすぎに注意してね」

「毎日、タバコと新聞を交換させといてよく言うぜ。かみさんにはタバコを吸うなと怒られているからな。ここで嬢ちゃんとタバコ交換するのが俺の唯一《ゆいいつ》の楽しみなんだ。明日も絶対に来てくれよ」

「明日からはセディと一緒に来るからよろしくね」

「おう。いつも話してくれる礼儀正しい坊ちゃんだな。お前さんが入れ込むくらいだから、いい男なんだろう？　会えるのを楽しみにしているぜ」

嬉しそうにしている男性に絵里は笑いながら「本当に天使みたいな子だからびっく

りしてよ」と伝える。

そして、新聞売りの男性と別れるとタバコ売りの親方の元へ向かった。

「親方！　今日の売り上げです」

「おう。稼《かせ》ぎ頭《がしら》のエリーじゃねえか。今日は早いな」

「ちょっと親方に相談があって」

「俺《おれ》に相談だと？」

いつもより少ない売り上げを絵里から受け取り親方が首を傾《かし》げる。親方は筋骨隆々《りゅうりゅう》で、港の荒くれ者どもをまとめ上げている強面《こわもて》である。そんな親方とは、セディを助けるためにはお金が必要、と仕事を探す中で知り合った。

家族を助けたいと、切々と身の上話を涙ながらに訴えた絵里の境遇に同情し、普段は子供にはさせない売り子をさせてくれた恩人である。

「もっとタバコを売る量を増やしたいの」

親方に簡潔に伝える。それ以外にも売り方を変える事や、売る際に友人達に手伝ってもらう事を説明した。

絵里から一通り話を聞いた親方が難しい顔になる。

「売ってくれるのはありがたいけどよ。これ以上販売本数を増やしたら、お前が学校へ行く時間が無くなっちまうだろう」

「大丈夫よ。友達に手伝ってもらうから」

「友達って、お前さんと同じ七歳の子供だろう」

見た目は怖く、売り上げにシビアな親方だが、七歳の子供である絵里を大事にしており、実の娘のように可愛がっていた。

心配そうにしている親方の様子に、絵里は感謝しながらも、自分の考えを曲げるつもりはない。

「親方が子供に売り子をさせるのをそもそも反対しているのは知っているよ」

「ああ。だが、家族を養《やしな》う必要があるんだろう。だから特別に許可をしている。今以上に稼ぎが必要なのか？」

友人達を巻き込んでまで売り上げを伸ばそうとする絵里を心配している。

正直に、セディのイベントが始まるから、今の内に稼いでおいて、セディにはアメリカに憂《うれ》いを残させず、自分はイギリスに一緒に付いていくお金が欲しいなどとは言えない絵里は、問題ないと笑顔で答える。

「無茶はしないから心配しないで」

「エリーがそう言うなら大丈夫だろうけどよ。無理だったらすぐに言うんだぞ」

親方は子供が働くのには反対である。それでも生活のために働きたいと言われれば反対もできない。

結果としては仕事を回してくれている。

「優しいね、親方って」

「馬鹿な事を言ってんじゃねえ。稼ぎ頭のエリーが倒れたら困るって話だ。ニヤニヤしてねえで、給金を受け取ったならさっさと帰りやがれ！　お前達も何見てんだ」

心配している親方に笑みを返す絵里。自分ではニヒルな男だと信じているキザな親方は、子供の心配をしていると思われたくなかったようだ。

絵里の微笑みと、事務所にいた従業員達がニヤニヤ笑っているのを見ると、乱暴な手付きで金庫から五ドルを取り出して絵里に押しつけた。

いつもより多い金額に絵里が驚いた表情を浮かべていると、親方の顔が真っ赤になっていく。

「今日はこれで家族に美味《うま》いもんでも買ってやれ。明日から稼がないと容赦《ようしゃ》しねえからな」

照れ隠しのように早口で捲《まく》し立てた親方に絵里は勢いよく抱きつくと、頬へ軽くキスをした。
「親方大好き！」
　七歳の少女から受けたダイレクトな愛情表現に親方はさらに真っ赤な顔になると
「大人を揶揄《からか》うんじゃねえ！　早く帰れ！」と叫《さけ》びながら絵里を事務所から追い出した。

「本当にツンデレなんだから。こんな大金を七歳児に渡しちゃ駄目だよ」

　親方から渡された一ドル札五枚を片手に、絵里は帰路に着いていた。一ドルが絵里が生きていた日本でいう四万円ほどの価値がある時代である。五ドルといえば二十万円。幼い絵里がタバコ売りで一ヶ月で稼ぐ金額を親方は渡しており、きっと今頃は渡した金額に頭を抱えているだろう。

「弟にアイスクリームでも買って帰ろうかな」

　絵里は大事そうに親方からもらったお金をポケットに入れ市場へ足を運ぶ。まだ夕方になっておらず、夕食の材料を買い出しに来る人で賑《にぎ》わっていた。

　絵里も店員と話しながら食材を買っていく。この歳《とし》でしっかり吟味《ぎんみ》しながら買い物する少女は珍《めずら》しく、絵里は市場で有名になりつつあった。

「今日は何にしようかな。豆の缶詰でも買って、ベイクドビーンズにでもしようかな。あと、精をつけたいから肉が欲しいわ。おじさん、牛すじも頂戴《ちょうだい》」

「おいおい、エリー。たまにはもっと良いもんを買ってくれよ。いつもそんな所ばかりを買われたら商売上がったりだ」

「何言ってるのよ、おじさん」

馴染みの肉屋に着いた絵里が、格安の品である牛すじ肉を購入すると伝えると肉屋の店主がオーバーアクションで嘆《なげ》く。

肉屋の主人は彼女と付き合いだして一年になる。最初はみすぼらしい格好である絵里を、物乞《ものご》いだと勘違いし、けんもほろろに追い払ったものだ。

しかし、粘《ねば》り強く交渉してくる姿に根負けし牛すじ肉を渡すと、絵里は翌日には調理した牛すじ煮込みを持ってきた。

何も言わずに試食しろと言い、恐る恐る口に運んだ時の肉屋の主人の顔は今でも忘れられない。

今では絵里から委託販売を受け、牛すじ煮込みは店の一番の売れ筋になっていた。

「明日には牛すじ煮込みを持ってくるわよ。それと今日はブロックで肉も買うわ」

「そりゃまた景気がいいな。なあ、そろそろ牛すじ煮込みの作り方を教えてくれよ」

「まだダメ。おじさんがレシピの価値を理解してないから」

絵里が作る牛すじ煮込みの利益は肉屋と絵里で折半しており、寸胴《ずんどう》で持ってくる絵里の姿を見て、客が殺到《さっとう》するのが恒例になっていた。

店主も同じように寸胴を買って試してみたが、絵里と同じ味付けにならない。

作り方を何度も聞く店主だが、絵里は秘伝だと言って教えないのだ。絵里は日本人街で醤油《しょうゆ》を買っており、それを使って味を整えているのだが、店主はどうしても分からず、提示された金額を渡すしかなかった。

「そんな事を言わずに頼むよ。客から牛すじ煮込みが無いって、毎日文句が出るんだよ」

「むー分かったわよ。じゃあ、別の日に材料を一緒に買いに行きましょう。その代わり、おじさんが作ったものでも利益を三分の一頂戴。それならいいわ」

「ちゃっかりしているな。ああ、それで構わない。明日にでも食材を買いに行くぞ」

根負けした様子で絵里がレシピを教えると伝えると、店主は大喜びで、牛すじ肉だけでなく、店で一番上等な肉も無料で譲《ゆず》ってくれた。絵里は肉を適度な大きさに切ってもらい、牛すじ肉と一緒に受け取る。

店主に牛すじ煮込みを明日持ってくると話し、肉塊《にくかい》をトートバッグに入れると店から出た。

「ふふっ。良いタイミングでレシピをおねだりされたわね」

絵里は気分良く歩いていた。

肉屋の店主にレシピを渡すのを渋っていたのは、単に利益率が高かったからに他ならない。だが、そろそろドリンコート家のイベントが始まる。そうなれば、牛すじ煮込みを作る時間は確保できない。

「私が居なくなっても、実家に何もしなくて利益が入るなら素敵だよね。あれ、セディだ。おーい」

「エリー！」

『小公子』センサー搭載《とうさい》の絵里である。特にセディの姿であれば何十メートル先にいようと、建物の中であろうとも気付ける自信がある。

セディと会えた絵里はスキップしながら近付くと、声を掛けた。

「買い物に来たの？」

「そうだよ。大好きな人とメアリも一緒なんだよ」

セディが絵里に抱き付きながらニコニコと答える。今日のセディも可愛らしく、無邪気に抱きついてくるのは本当に尊い。思わず拝《おが》みそうになる絵里だが、セディの背後から二人の女性が近付いてくる事に気付いた。

「こんばんは、エリー。いつもセディの面倒を見てくれてありがとう。本当に助かっているわ」

「相変わらず仲がいいね」

先に七歳の少女に丁寧《ていねい》な挨拶《あいさつ》をした女性は、セディの母親、〝大好きな人〟アニーである。儚《はかな》げな表情が逆に、その美貌《びぼう》を際立《きわだ》たせてさえいるようだ。隣にはメイドのメアリがおり、こちらは見かけ通りざっくばらんな挨拶をしてきた。

「こんばんは。エロル夫人。今日は体調大丈夫なんですか？」

少し前にセディの父親であるジェイムズ・エロルが亡くなっており、かなり憔悴《しょうすい》していたはずだ。セディも一所懸命慰《けんめいなぐさ》めていたが、元気さを取り戻すのはしばらく掛かると思っていた。

「気に掛けてくれてありがとう。セディの為にも元気にならないとね」

「大好きな人、僕は大丈夫だよ。でも、最近は笑顔になってくれるから嬉しいよ」

胸を張って元気アピールをするセディに、アニーは微笑ましそうにする。メアリも同じように目を細めて、優しげな眼を向けていた。

セディは自らの母を父親がそうしていたように〝大好きな人〟と呼んで大切にして

いた。

そんなセディの健気《けなげ》さに、絵里はポケットから一ドルを取り出して、危うくお布施としてセディに渡しそうになった。

「荷物がいっぱいだね。僕が持つよ。エリーに大きな荷物を持たせるなんて出来ないよ。君はか弱い女性なんだから」

「……本当に尊いわ」

絵里から荷物をとりあげたセディが、思ったよりも重かったようでよろけてしまう。それをメアリが支え、代わりに持ってくれた。

「もう。僕が持つのに」

「あら、坊ちゃん。淑女《しゆくじよ》のエスコートしなくてもよろしいので?」

メアリの言葉にセディがハッとした顔になる。そして絵里の手を取ると誇らしげに胸を張った。

どうやら、一人前の紳士である事をアピールしているようだ。絵里とアニー、メアリの三人は顔を見合わせ笑いあった。

「それにしてもエリーがいつも使っている袋は便利だね」

感心したようにメアリがバッグを眺めていた。古着で作った絵里特製のエコバッグであり、口も大きく大量の荷物を入れても破れないように補強していた。また、リュックにもなるように設計している。

「メアリさん、これって売れそうかな？」

メアリに問い掛けた絵里だが、アニーが先に答え、

「ええ、もちろん。大量に作るなら手伝うわ。エリーちゃんの為だもの。古着を集めるのも任せて頂戴」

手伝うと宣言する。

絵里はいつもセディを気にかけ、貧しいエロル家に食材の援助までしている。そんな子供に援助してもらうのは、と最初はアニーも遠慮《えんりょ》していたのだが、そうすると今度は絵里が密《ひそ》かにメアリに食材を渡していると聞き、仕方なく素直に好意を受けるようになったのだ。これ以上遠慮すると、絵里はポストに現金を放り込みそうな勢いでもあり、正直援助してもらえるのは助かってもいるはずだ。

そういうわけで、アニーはいつかお礼を返したいと思っていたのだろう。

「そうしてもらえると助かります！　セディだけじゃなくて、アニーさんも尊い」

アニーは絵里を、たまに意味不明な呟きをするが本当に良い子だ、という目で見ていた。セディと同い年だと知っているはずだが、なぜか自分と同じ年齢かのように接

してくることとさえある。

「利益の八割はアニーさんで取ってください。古着の仕入れ代と、人を使う費用は言ってくれたら用意します。メアリさんにもお給金あげてくださいね」

「……経済観念もしっかりしているわねえ」

アニーの呟きを、絵里は気付かなかった振りでスルーする。

セディの面倒を見るのはまるで苦しくない。絵里には喜びでさえある。

アニーは絵里に頭を下げた。

「エリーちゃん、セディの事をよろしくね」

「もちろんですよ！　私に任せてください」

アニーの感謝に絵里が笑顔で答える。そんな二人のやり取りを見ていたセディが頬を膨らませた。

「僕がエリーを幸せにするんだよ！」

セディが絵里を強く抱きしめアニーに抗議する。そんな息子に笑顔を向ける。

「あらあら、まあまあ。そうなのね。じゃあエリーちゃんを大事にしないとね。これからも末長くよろしくね。エリーちゃん」

「坊ちゃんならエリーさんを大切にしてくれますよ。式には呼んでくださいね」

「なっ⁉　そ、そんな畏《おそ》れ多い……！」

真っ赤になった絵里に二人の笑みが深まる。

母親の言葉にセディが嬉しそうにする。当の本人である絵里は大混乱だ。熱烈な抱《ほう》擁《よう》を受け、しかも母親公認である。

「これからもよろしくね、エリー」

天真爛漫《てんしんらんまん》な笑みを自分に向けるセディをまぶしそうに見ていた絵里は、明日からの事を思い出す。

「……そうだ！　ちょっとセディにお願いがあるんだけど」

真っ赤な顔のままである絵里が、なんとかセディを離して呼吸を整える。そして、明日から手伝ってほしいと伝える。

「僕に？」

「そう。明日から、学校が終わったら私の手伝いをして欲しの」

「いいよ」

「早っ！　即答してるけどいいの？」

セディは何も考えずに即断して請《う》け負《お》ってくれた。

絵里としてはありがたいが、無邪気に返事をするセディが心配になる。そんな絵里の心配をよそに、セディは頬にキスすると笑みを深めた。

「うん。だって、エリーを助ける話だよね？　だったら、考える必要はないよ」

「もうだめ。本当に尊い……」

天使どころか神対応をされた絵里は気を失いそうになった。


「助かりました。ホッブスさん」

倒れそうになった絵里をセディ達が雑貨屋ホッブスの店へ運んでくれた。荷物はメアリが持っていたので無事であり、アニーは絵里とセディのやりとりを「あらあら」と言いながら微笑ましそうに見ていた。

「急に倒れたからびっくりしたよ。もう、大丈夫なの？」

「うん、もう大丈夫。ホッブスさんもコーヒーありがとう」

気付けの薬の代わりにコーヒーを淹《い》れてくれたホッブスに礼を伝えると、気にするなとぶっきらぼうな返事があった。

雑貨屋ホッブス。

小説の小公子に出てくるメインキャラクターのひとり。無愛想だが、セディとは親友であり、彼の活躍《かつやく》でセディは物語最大の危機を救われる。

絵里が重要視している人物の一人だ。

ただ、小説に書かれていた以上に店は荒れており、本当に営業しているのかと不安になるレベルであった。

「ホッブスさんのお店も売り上げを上げてもらわないと」

「あ？　何言ってんだ。俺の店は大繁盛《だいはんじょう》してるぞ」

「どこがよ！　どこを見ても私達以外に誰も居ないじゃない。今日の売り上げを教えなさいよ」

絵里の言葉にホッブスの機嫌が悪くなる。しかし、被《かぶ》せるように追加で問われると黙ってそっぽを向き、タバコを吸い始めた。

そんなホッブスの様子に絵里が勝ち誇った顔になる。

「ほら、見なさい。今日も売り上げなんて無いんでしょ」

「エリーちゃんは倒れそうになったんだから大人しくしてなさい。ごめんなさいね、ホッブスさん。彼女なりに貴方の店を心配しているのよ」

さらに口撃しようとした絵里をアニーがやんわりと止め、ホッブスに謝罪する。

絵里も言い過ぎたと思い小さく「ごめんなさい」と謝罪した。二人から頭を下げられ、機嫌を直したホッブスが自分も悪かったと頭を下げる。

そんな、三者が頭を下げあっているのを見ていたセディだったが、明日からの手伝いを自分がする話を思い出し手を上げた。

「はい！　僕は何をしたらいいか教えてくれないかい。エリー」

「そうだった。セディにはフルートを持って港に来て欲しいの。そこで演奏をお願いしたいな」

「フルートを持って港で演奏するの？」

おうむ返しのように確認するセディに、絵里は演奏で人を集め、その間にタバコを売ると説明する。

これは原作にはない、アニメで設定されているセディの特技フルート演奏で、港の有名人になる作戦であった。

セディは自分の得意なフルートを皆に聞いてもらえると嬉しそうにしており、アニーも「それは面白そうね」と呟《つぶや》いていた。

絵里も自信があるので、胸を張って集合時間をセディとアニーに伝える。隣《となり》で静かに聞いていたホッブスも興味が湧《わ》いたようで話に参加してくる。

「おう、俺にもなんかできることねえのかよ」

どうやら、先ほどの売り上げ低迷の話がやはり気になっていたようだ。

そこで絵里は、今後販売予定のエコバッグや、別に考えていた古着を活用した商品を取り扱って欲しいと相談する。利益配分の話にまで発展し、ホッブスはやる気になっていた。

「任せてくれ。古着も集めてやるよ。ところで、本当に使わなくなったボロ服を五着十五セントで買い取って良いんだな？」

「ええ、よっぽど酷《ひど》い服じゃなければね。あと一気に持って来られても買い取り金額がないから、しばらくは一日五人限定にしておいて」

絵里が具体的な方針を説明する。真剣な表情で頷いているホッブスを見ながら絵里は手応《てごた》えを感じていた。

「ホッブスさんが仕入れと販売担当で、アニーさんが製造でしょ。メアリさんが街を歩いて宣伝係。完璧《かんぺき》じゃない」

先行きが明るいと絵里が満足気に頷いていると、暇を持て余していたセディが抱きついてきた。

「仕事の話は終わったよねエリー。だったら遊びに行こうよ」

「ちょっと嬉しいけどさ、セディの愛情表現って激しくない？」

子供特有の柔らかなセディのボディランゲージを受け、絵里の血圧が上がる。

「後は、お母さんに任せて行ってらっしゃいな。お肉はメアリがエリーちゃん家《ち》へ持って行くから。セディはしっかりとエスコートするのよ」

楽しそうに笑いながらアニーがセディに声をかける。メアリも任せなさいと胸を叩《たた》いていた。それを見て絵里が慌てて補足する。

「お肉の半分はエロル家の分です！　それから……ちょっと、セディ引っ張らないで。まだ話が終わってない」

まだ、会話途中だと言っている絵里を気にする事なく、セディが笑顔で友達が集まる場所へ全力で引っ張り連れて行くのだった。


翌日、学校が終わると同時に、絵里とセディは雑貨屋ホップスの店で待ち合わせをして、港へ向かう。

「今日は学校に来てくれて嬉しかったよ」

手を繋ぎながら嬉しそうにするセディに、絵里の頬も緩む。ここ最近はお金を貯《た》める為に、学校を休んでタバコ売りをしていたのだ。

今更、小学校の授業を受ける必要もないと思っており、絵里は出席に拘《こだわ》りがなかった。

　先生と同じレベルどころか、それ以上の教育水準を持つのだ。今日はセディを安全に港に連れてくるためにわざわざ出席したのだった。

「他の皆は、この辺りを綺麗《きれい》にしておいてね。タバコの吸《す》い殻《がら》は特にしっかりと回収をお願いね」

　絵里は次々に指示を出していく。今日はセディ以外にも学校の友人達を連れてきており、愛嬌《あいきょう》のある少女には花の売り子を頼み、それ以外の友人達には箒《ほうき》とちりとりを渡していた。

　これからいつもより更に大勢の人にタバコを売るのだ。灰皿は用意しているが、どこまで利用してもらえるかも不透明である。そのため、ポイ捨てを前提として清掃活動まで視野に入れていた。

　ポイ捨てはこの時代なら当然の行為《こうい》なのだが、日本人の絵里にはどうしても許せなかった。なので、セディとの話を聞いていた友人達に声を掛けたのだ。

　街を綺麗にする正義の味方だと絵里から聞いており、どの子もやる気に満ち溢《あふ》れていた。

「セディは、フルートの演奏をよろしくね」

「ちゃんと持ってきたよ。どこで演奏したらいいの？」

セディの言葉に、いつもタバコを売っている場所へと移動する。親方からはいつもの倍の本数を融通してもらっていた。

絵里はセディを目的の場所へ連れていくと、船から降りてくる人々を指さした。

「ほら、船から人が降りてくるのが見えるでしょ？　最初の人がタラップから降りてきたら演奏を始めて欲しいの」

「わかったよ」

そして大役を任されたセディは、真剣な目でフルートを握りしめ、船から降りてくる人達を観察していた。

緊張しながらも気合を入れているセディに、絵里は身悶えする。透き通った茶色の目。巻き髪の金髪が浜風に揺られ、太陽の光を浴びたセディの姿からは、天使の演奏会が始まると言っても過言ではなかった。

「いくよ、エリー」

絵里が眩《まぶ》しそうに眺めていると、セディが小さく呟きフルートを口に近付け、大きく息を吸い込み軽やかな演奏を始める。

旅先から帰ってきた者達を祝福するような音色が流れ始める。イギリスからの船旅で疲れ果《は》て、やっとの思いで港へ降り立った人々は、突然流れてきた演奏に耳を傾《かたむ》ける。

「あら、なんて素敵な音色。どこから聞こえてくるのかしら」

「こんな場所で演奏が聴けるなんてな」

「ねえ、可愛らしい子が演奏しているわ」

普段は絵里が声を掛けても止まる者は少ないが、演奏を耳にした者達がセディの周りへ集まってきた。軽やかに演奏をしているセディを微笑ましそうに見ている船客達に向かって絵里が口上を述べ始めた。

「お帰りなさいませ、旦那《だんな》様、奥様。よくぞ遠くリバプールからニューヨークへお越し下さいました。長旅お疲れ様でした。彼の名前はセディ。皆様の心を癒《いや》すために演奏をしております。これからアメリカの地を踏《ふ》まれる方。また、アメリカに戻って来られた方。彼の父親はイギリス生まれ。演奏は父親譲《ゆず》り。懐《なつ》かしく感じますか？　それとも新しく感じますか？　少しでも何かを感じられたのでしたら、この帽子にお恵みを」

天使のような少年が奏《かな》でるフルートに、絵里がどんな曲なのかを説明する。彼女が選曲したのはイギリスの童謡Long Long Agoである。誰もが知っていて、口ずさむ事ができる歌を選択していた。

自然と演奏に合わせて一人が歌いだした。それに釣《つ》られるように次々と歌う者が続き、最後は唱和になっていた。

そして演奏が終わると一同から拍手喝采《かっさい》が起こる。セディは拍手の量に驚き、真っ赤な顔で何度も頭を下げる。

その可愛らしい態度に、聞いていた者達から笑いが起こり、絵里が持っている帽子に五セントや一ポンドがどんどん投げ込まれていく。

「長旅でお疲れの皆様。セディの演奏を聴いて頂きありがとうございました。ここではタバコの販売もしております。私達は愛する家族の為、少しでも生活を豊かにする為に働いております。どうか、お慈悲《じひ》の心があればタバコを買っていただけませんでしょうか? お嬢様、奥様方も今日だけは愛する男性がタバコを吸っていても優しく見守ってくださいませんか?」

拍手が終わり、絵里が籠《かご》を持ってセディの前に立つとタバコを売り始める。タバコとの単語に、嫌煙家の女性達が一瞬眉《まゆ》を顰《ひそ》めたが、絵里や子供達の生《お》い立ちを聞くと、男性達に視線を送り「今日は構わない」と頷いていた。

男性達は子供達を助ける免罪符《めんざいふ》を得て、絵里から次々にタバコを買っていく。嬉しそうにタバコを吸い始めた男性達を呆《あき》れた様子で眺めていた女性達に、セディが演奏を聴いてくれたお礼にと、一輪のバラを手渡していった。

本物のバラではなく、古着を使った造花である。

「本物の花はパートナーに買ってもらってください」

教えられた通りのセリフをセディは伝えながら、次々と配っていく。

「あら、僕からプレゼントまでもらえるなんて。うちの旦那にも気遣いをして欲しいわ」

「このバラは、エリーが作り方を教えてくれたんです」

造花のバラを渡された女性が嬉しそうな顔で、自慢げに説明をするセディを優し気な目で見る。そして、美味《おい》しそうにタバコを吸っている夫に視線を向けた。

「旦那様、あちらに花売りの少女がいますよ。素敵な奥様へ、花のプレゼントはいかがでしょうか？」

妻からのジト目にバツが悪そうにしている男性へ、絵里が花売りの少女を紹介する。

「ああ、そうさせてもらおう。それにしてもお嬢ちゃんは商売上手だ。あの子も友達なんだろう？」

「ふふ。そうかもしれません」

紹介を受けた男性は大笑いすると、花売りの少女から大量の花を買い、セディと話をしている女性に近付き、跪《ひざまず》いて花を差し出した。

「愛する君へ。これくらいしか出来ないが、僕の気持ちを受け取ってくれるだろうか？」

「あら、この子にもらったバラも素敵だけど、貴方から花をもらえるなんてね。プロポーズ以来かしら」

満面の笑みを浮かべ花を受け取った女性が男性へ抱きつき、そのまま情熱的なキスをする。周囲にいた者達が口笛を吹いたり歓声を上げて囃《はや》し立てる。

抱きついて来た女性を優しく受け止めた男性が、絵里に向けて親指を立ててウインクをしてきた。

それを見て、絵里も笑顔を返す。

やり取りを見ていた男性達が、絵里の利発さに感心しながら、次々にタバコや花束を買ってくれた。昼から夕方まで一日かけて売る予定で用意したタバコや花だったが、二隻《せき》目が着岸した時点で売り切れてしまうほどの大盛況であった。

「疲れたー。売れたー。こんなに売れるとは予想外だったー」

　絵里は地面に大の字で寝転がるほど疲労困憊《こんぱい》だった。

　タバコが入っていた籠《かご》は空《から》であり、帽子には溢れんばかりのチップが見えている。花売りを担当していた少女は、完売した事に嬉しそうな顔をする。

「よいしょっと。セディはどこかしら」

　心地良い疲労を労《いた》わりながら起き上がった絵里が、セディを探すために視線を彷徨《さまよ》わせる。それほど探す必要はないはずなのだが、どこにもその姿がない。

　不思議に思っていると、一箇所《かしょ》に女性が群がり、その中心に金髪の巻き毛と、困惑した表情のセディが少しだけ見えた。

　絵里は勢いよく走りだし、ドレスの華が咲いている中心へ駆け寄ると、もみくちゃにされていたセディを確保する。

「エリー」

　絵里の姿を見たセディが、涙目になって抱きついてきた。そして、そのまま絵里の胸に顔を埋《うず》め、身を隠したように全く動かなくなった。

　そんな可愛らしい仕草に、絵里は真っ赤になって悶絶するが、女性達には大受けしたようで笑いに包まれる。

「ちょっとセディ。隠れきれてないわよ」

「僕は居ない。もう帰ったから、ここには居ないよ」

ぐりぐりと絵里の胸に潜《もぐ》り込もうとするセディ。そんな姿に女性達はさらに笑い、絵里へ「後はよろしくね」と言いながら解散してくれた。

それはいいのだが、困ったのは絵里である。

男性慣れしていない彼女にとって、セディの行動が強烈すぎた。

自分への信頼を全面に出す姿に、過呼吸を起こしそうだ。

「ちょっと待って。これ天国と地獄だわ。嬉しすぎるけど鼻血が出そう。ほらほら、セディ。お姉さん達はどっかに行ったから出てきなさい」

まだ胸の中で身を潜《ひそ》めているセディに絵里が声をかける。

しばらく微動だにしなかったセディだが、絵里の声でようやく顔を上げると、周囲を探るように見渡した。

「本当だ。誰もいない。助けてくれてありがとうエリー。君が彼女達から僕を救ってくれたんだね」

大人の女性に囲まれるのがかなり怖かったようで、セディはまだ震えていたが、周囲に誰も居ないと分かると満面の笑みを浮かべる。

「七歳児が女性に囲まれて、もみくちゃにされれば怖いのも当たり前ね。あれ？　でも、小説のセディは、誰にでも優しく人見知りなんてしないはず」

そう思う絵里だが、この世界のセディは小説とは少し性格が違うようだ。その分、絵里が頑張らなければいけないのかもしれない。

――そのために転生したのではないかしら？

そんなことを思いながら、絵里はセディの頭を撫でると友人達にも声をかける。

「みんな、今日は手伝ってくれてありがとう。今日のチップは等分にするから安心してね」

今までの中で最高金額のチップが入った帽子を掲げて、大きな声を出す。

チップの割り当てが一人当たり一五〇セントだと聞いた一同が大歓声を上げる。

子供が一日で得る収入としては破格であり、明日も絵里と一緒に仕事をしたいと頼む友人達に笑顔で了承する。

「その代わり、学校が終わった後と休日だけよ。皆の本分は勉強なんだから。あ、セディには別のお手当があるからね」

「別の？」

絵里はセディの手を握ると五ドル札を手渡す。高額紙幣《しへい》に驚くセディだが、演奏があってこその売れ行きやチップであり、当然の報酬《ほうしゅう》としてセディに受けとるように伝える。

「セディが頑張ったからだよ。遠慮なく使ってもいいし、お母さんに渡してもいいの。貴方が稼いだお金なのだから」

セディが目を瞬《しばた》かせる。謝礼をもらえると思っていなかったのだ。

彼からすれば〝大好きな人〟と呼ぶ母親と同じくらいに大切に思っているエリーを助けるのは当然だ。

「エリー、これは受け……むぐぅ」

そんなつもりで手伝ったのではない。そう断ろうとしたセディの口を絵里が人差し指で軽く押さえ、五ドル札をしっかりと握らせる。

「ダメよ。ちゃんと受け取ってね。これはセディが人助けしたりする際に使っていいお金にもなるのよ。お友達を助ける時に使えるんだよ?」

セディは目を輝かせて頷くとポケットに仕舞う。そんな様子を絵里は微笑ましそうに見ていた。

全員にチップを配り終えた絵里は、解散して親方の元へ行く。

「親方！　ただいま戻りました！」

セディと一緒なのでテンション高い絵里が事務所の扉を勢いよく開ける。中には親方の他に事務員もおり、勢いよく開いた音で驚いたようであった。

「なんだエリーか。驚かせるなよ。どうした？　今日はいつにも増して早いじゃないか」

「今日の売り上げを持ってきたよ。完売したから、インセンティブも欲しいな」

「は？　完売ってお前……。いつもの倍を持っていったろう。それを全部売り切ったってのか？」

売り上げを受け取り、中を確認した、親方は驚きの表情を浮かべた。絵里が一番の売れっ子なのは知っているが、彼女であっても完売は月に一度あるかないかなのだ。

それを普段とは比べ物にならない倍の数量を持っていき、完売したと言う。

「どんな魔法を使ったんだよ？　その辺に捨ててきたってオチじゃないだろうな」

「当たり前じゃない。だったらそのお金はどう説明するのよ」

疑わし気な視線を向ける親方に、絵里が心外だと頬を膨らませる。

そして詳しく話をした。

「……なるほどな。それは上手《うま》い売り方を考えたもんだ。エリー、このやり方は誰に教わったんだ？」

「え？　私が考えたんだよ。それに掃除をしておけば、湾岸関係者の人達も大目に見てくれるでしょ。あと、日頃から挨拶したり、世間話をして交流は深めていたわ」

本当に目の前にいる少女は七歳なのか？　そう言いたげな目をする親方だが、絵里が危険な橋を渡ったのではなく、しっかりとした手順を踏んで売り上げを立てた事が分かると嬉しそうな顔をする。

「よくやった！」

「ちょ、ちょっと親方！」

脇を持たれ、勢いよく持ち上げほめてくる親方に絵里が慌てる。前世との年齢を足せば、そろそろアラサーである。親方とも同年代と言えた。そんな男性から子供のように持ち上げられるのは流石《さすが》に恥ずかしさが込み上げてくる。

「そのやり方は俺が認める。もし、誰かに難癖《なんくせ》をつけられたら『タバコ屋ジェームズさんから教えてもらいました』と言っとけ。あと、危なそうに感じたら、すぐに俺に相談しろ」

「親方？」

真剣な目の親方に、絵里が戸惑う。

親方は絵里の販売方法に危うさを感じ、本気で心配してくれているのだろうということがわかった。

　彼女の売り方は画期的であり、かなりの売り上げが見込める。ひょっとしたら、今日の売り上げはまぐれなのかもしれない。

　だが、絵里なら今回のパターンが上手くいかなくても、他の売り方を考えつきそうであり、悪い大人が目を付けて危険に巻き込まれる可能性がある。

　そう判断した。

　なので、絵里に危険を避ける方法を教え、自分に相談するようにと伝えた。親方の真剣な目を見た絵里も真面目《まじめ》な顔になる。そして小さな声で確認する。

「親方ってジェームズって名前なの？」

「そっちかよ！　確かに名前は教えてなかったけど、もっと違う事を気にしろよ！」

　絵里の言葉に声を荒らげた親方に、悪戯《いたずら》っぽく絵里が笑みを浮かべる。

「ふふっ、冗談《じょうだん》よ。やっぱり親方って素敵よね。親方が、あと四十歳若かったら付き合ってあげてもいいのに」

「ふざけんな。俺が四十も若返ったら赤ん坊にもなってねえよ。二十八歳だからな」

「ええー！」

　絵里の言葉に親方が鼻で笑うように答える。

「その坊ちゃんも、よく頑張ってくれたな」

親方が謝礼としてセディに一〇セントを渡そうとする。

だが、セディは拒否していた。理由は絵里から既《すで》にもらったからと答える。

「お前さんの力があって、エリーは売上を飛躍《ひやく》的に増やしたのに遠慮するなよ」

「だったらジェームズさんから、僕の分もエリーに渡してください。僕は彼女を助ける為にフルートを吹いただけですから」

胸を張っているセディの様子に親方が笑う。子供扱いされたと頬を膨らませているセディを横目に、親方は絵里へ視線を移した。

「いい紳士をパートナーに選んだな」

「でしょ。セディは本当に格好いいんだから」

セディの事を親方から誉《ほ》められ、絵里は嬉しそうにしていた。

# 第二話　旅立ちに向かって

今日も港でタバコを売る絵里《えり》達は、ニューヨーク港で噂《うわさ》になるほど有名人になっていた。一時期はギャングに絡まれそうになった事もあったが、ジェームズの名前を出すと大人《おとな》しく引いてくれた。

どうやら、ジェームズは裏社会で名を馳《は》せているようで、絵里は意外な所で助けられているようだ。そして、ギャング達も絵里達の貧乏な生《お》い立ちや、家族や周りを幸せにするとの想《おも》いを聞かされると、積極的に手伝ってくれるようになった。この時代、ギャングもまだ牧歌的なのだ。

湾岸関係者もギャングが大人しくなり、賑《にぎ》やかになっていく港を見て、絵里やセディ達を褒《ほ》めてくれ、学校も協力的であった。

「さあ、今日も頑張って働くわよ」

絵里の号令にセディや同級生達が元気に応《こた》える。いつものようにセディが演奏し、絵里が口上を述《の》べながらタバコを売り、少女が花を売って少年達が掃除をする。

当たり前の日常となりつつあったが、それをビルの影から真剣な表情を浮かべて見ている老紳士がいた。

ウィリアム＝ハビシャム

ドリンコート伯爵《はくしゃく》の顧問《こもん》弁護士をしている彼は、伯爵の息子であるセディの父親を探しに来たのだ。港を降りた際にセディを見た彼は心臓が激しく動きだし、興奮するのが分かった。

目の前に居る少年は、間違いなくドリンコート伯爵の孫であると確信できたからである。それほど、セディは父親の血を濃く引き継《つ》いでいた。

ジッと自分を見ている老紳士に気付くと、セディはニコリと笑みを向け軽く礼をする。そんな礼儀正しさにハビシャムは安堵《あんど》のため息を吐《つ》く。

「アメリカ人とのハーフと聞いていたが、これは伯爵にいい報告が出来そうだ」

まだ、この時点ではハビシャムはアメリカ人への偏見《へんけん》に満ちていた。そして、その偏見が覆《くつがえ》される出来事に遭遇《そうぐう》するまであと少しであった。

絵里はタバコを売りながら、さりげなく視線を向けていた。その先には老紳士がおり、なにやらメモを取りつつ、こちらを見ている。

「あれってハビシャム氏だよね？」

本人はビルの影から隠れるように観察しているつもりなのだろうが、あまりにもお粗末《そまつ》な監視に笑いそうになる。近付いて話しかけようかと悩んだが放置する事にした。まだ絵里も心の準備が出来ておらず、なにを話していいかも分からない。相手が動いたら、それに合わせて、こちらも動こう。

ただ、ついに物語が動きだした。そう絵里は判断した。

「ねえ、セディ」

「なに」

演奏も終わり集まっていた見物客が解散し、掃除を始めた同級生を横目に絵里がセディへ話しかける。いつもと様子が違う絵里を心配そうに見ていた。

「セディは貴族になったらどうする」

「僕が貴族に？」

絵里の言葉にセディが首を傾《かし》げる。唐突な内容に戸惑《とまど》っているセディを見て、時期尚早《しょうそう》だったと後悔《こうかい》する。

「ごめんね。急に変な事を言ったね」

ハビシャムの視線が自分に向いているのを感じながら、セディになんでもないと笑顔で伝えると、絵里も箒《ほうき》を片手に掃除を始めた。


「お嬢さん、ちょっといいかな」

親方に売り上げ報告をした後、自宅への帰り道で絵里に老紳士が話しかけてきた。

「ついに来たわね。何か御用ですか？　紳士様」

目の前に立つハビシャムに絵里は小さく呟《つぶや》くと、片足を少し内側に引き、もう片方の足を曲げると身体を落とし、背筋を伸ばしながら挨拶《あいさつ》をする。

驚いたのはハビシャムであろう。まさかアメリカの町娘にカーテシーを披露《ひろう》されるとは思ってもみなかったようだ。絵里の佇《たたず》まいは堂々としており、イギリスの淑女《しゅくじょ》と言われても通じそうな礼儀作法である。この日のために周到に練習をしたのだ。

「紳士様？」

カーテシーを披露したままで絵里が首を傾げる。早く対応をして欲しい所だ。七歳児には辛《つら》い体勢である。足が少し痙攣《けいれん》しそうだ。

「あ、ああ。すまない。あまりに可憐《かれん》な挨拶だったので見惚《みと》れてしまったよ。その年でよく勉強しているようだね」

感心した様子で何度も頷《うなず》いているハビシャムを改めて観察する。小説で登場するシーンは少ないが、彼は重要人物である。セディをイギリスへ連れて行ってくれるのだ。

「初めて褒められました。この町では誰《だれ》も知らないのですから。それでご用件はなんでしょうか」

「君はセドリック様と仲が良いようだね」

ハビシャムが核心をついた質問をしてくる。

――セドリック様ね。

様付けでセディを呼ぶのは、彼がフォントルロイ卿《きよう》――ドリンコート伯爵の嫡男《ちやくなん》をこう呼ぶ――になるのを確信しているからだろう。絵里が頷くと、ハビシャムは次々と質問をしてくる。

彼の性格、普段の行動に始まり、好きな物や友達とどんな事をして過ごしているのか、母親との関係や食事内容まで聞いてくる。

「セディは天真爛漫《てんしんらんまん》で素敵な紳士ですよ。自分よりも周りの幸せを求めるタイプです。先日もリンゴ売りのお婆《ばあ》さんを助けるために、少ないお小遣いでリンゴを買っていました」

軽いジャブとして情報を伝える。本気でセディを語ると、徹夜《てつや》出来るくらいの情報量がある絵里は、ハビシャムがどこまで求めているかを探ろうとする。

「ふむ。それは素晴らしいね。他にはどんな事を彼はしているのかね」

「あの。紳士様はセディとどういったご関係で？」

さらに情報を引き出そうとする様子に警戒《けいかい》したフリをする。そんな絵里の態度に、ハビシャムは満足げな表情となる。

――この子は本当に素晴らしい。子供なのに情報の重要さを理解している。この貴重な情報源を手に入れれば、母親のアニーとも上手《うま》く話せそうだ。

（そんな事を思ってるんだろうな）

目の前で少し考え込む様子を見せているハビシャムの心の中を再現しながら、絵里は彼の言葉を待つ。すると突然、ハビシャムは懐《ふところ》から財布を取り出し、紙幣《しへい》を抜き出すと絵里へ手渡した。

「今日は貴重な話を聞かせてくれて助かったよ。これからも話を聞かせてもらえるだろうか。その金は、時計を買って欲しいのだ。五日後の十六時に待ち合わせて、今日の続きを聞かせて欲しい。もちろん、次は話を聞かせてくれたら報酬《ほうしゆう》を弾《はず》もう」

「そんな。お名前も知らない紳士様からこのような施《ほどこ》しを受ける訳には」

「ああ、そうだったね。私の名前はウィリアム＝ハビシャム。イギリスからの旅行者だ」

押し付けるように金を握《にぎ》らせたハビシャムが初めて名乗る。やっぱりハビシャムだった。そう思いながら絵里はどうするか悩む。

今日の続きとの事だ。セディがフォントルロイ卿として相応《ふさわ》しいのか、それを確認してドリンコート伯爵に報告するのであろう。ならば、最高なセディとして報告してもらう。

「畏《かしこ》まりました。ハビシャム様。私の名前はエリーと申します。早々に時計を買ってまいります。五日後の十六時にホテルにお伺《うかが》いしますね。では失礼します」

「ああ、楽しみにしているよ」

絵里は再び完璧《かんぺき》なカーテシーを披露してハビシャムの前から去る。そして、その足で時計屋へやってきた。この時代は街中に時計がなく、正確な時間を知るためには懐中時計を買う必要があったのだ。

最初はみすぼらしい格好をした少女が入ってきたので物乞《ものご》いと思い追い出そうとした店主だが、有名人の絵里であると知ると笑顔を向ける。

「何か用かい」

「そうなんです。とある仕事を引き受けちゃって、かなり時間に厳格な紳士様なので時計を買うように言われたんです」

絵里はそう言いながら、懐中時計が欲しいと伝える。時計を買う必要があるほどの仕事だと聞き、店主は予算を確認して時計を並べる。

「これをもらいます」

「お、良いのを選んだね。その紳士様ってのに今後も会うなら、服装も考えた方がいいんじゃないかい?」

「ありがとう。この後、服屋にも寄ってきます」

そうなのだ。時計は立派な物を買ったが、ハビシャムが止まっているホテルは高級ホテルである。一張羅《いっちょうら》にまでする必要はないが、それなりの服装が必要だと考えていた。なので絵里は近所の服屋ではなく、時計屋の並びにある高級服屋に足を伸ばした。

「おはよう」

「エリー!　おはよう。今日も学校へ来てくれたんだね」

校庭で友人と走り回っていたセディが、絵里の挨拶に気付くと一目散にやってきた。

煌《きら》めく汗が視界に入り、尊《とうと》さに悶絶《もんぜつ》しそうになる。それをなんとか抑え込み、絵里はいつものように笑顔を向けた。

「そうなの。今日はタバコ売りはお休みして、セディと色々としたいと思ってさ」

「何して遊ぶの？」

　絵里の言葉にセディが首を傾げる。

「ごめんね、今日は学校が終わったら『りんご売りのお婆ちゃん』『雑貨屋のホップスさん』『靴磨《くつみが》きのディックさん』『レンガ造り職人のマイケルさん』を助けようと思っているの」

　絵里の言葉にセディの目が輝き始める。靴磨きのディックも、レンガ造り職人のマイケルも、原作に出てきた。ディックはセディがもっと幼《おさな》い頃《ころ》に馬車の通行量が多いところでボールを失《な》くしてしまい泣いていたところを、仕事中だったのに拾ってくれ、それを機に仲良くなっている。マイケルはソウマチに罹《かか》っているのだが、彼を助けることで後々ドリンコート伯爵を改心させるきっかけとなるのだ。

　四人とも仲良くしており友達だ。ただ、全員生活が苦しいと聞いており、セディはなんとかしたいと思っていたのだ。これから、セディはハビシャムに認められ、フォントルロイ卿としてイギリスへ渡る。そのための活動でもあるし、その際にセディに後顧《こうこ》の憂《うれ》いなく行ってもらうためでもあった。原作では何もせず気に入られ、四人にお金を渡すだけだったが、それでは駄目だろうと絵里は判断したのだ。

「じゃあ、放課後にお手伝いの話をするから」

「今すぐじゃないのか」

ガッカリしているセディの頭に手を伸ばしそうになって、絵里は慌てて手を引っ込める。矜持《きょうじ》として自分から触るのは駄目だ。代わりに満面の笑みを浮かべる。

「勉強をしっかりしないと。大好きな人が悲しむわよ」

セディの母親アニーが悲しむと優しく諭《さと》す。

「わかった！　じゃあ教室で読み書きを教えてよ。大好きな人にお手紙を書きたいんだ」

目をキラキラとさせ、自分の腕を取って教室へ引っ張るように連れて行くセディの無邪気《むじゃき》さに、絵里は頬《ほお》どころか涎《よだれ》が出そうなほど口元を緩《ゆる》ませていた。


放課後。

まずはリンゴ売りの老婆《ろうば》の元へ向かう。相変わらず店と言って良いのかと疑問に思うほど老朽化《ろうきゅう》が進んでいた。

その佇《たたず》まいに絵里がため息を吐いていると、元気な声が聞こえた。

「店の前でため息を吐くんじゃないよ。本当に困った嬢ちゃんだよ」

「仕方ないでしょ。何度見てもボロボロじゃない」

「ボロボロとはなんだい。趣《おもむき》があるって言うんだよ」

「窓ガラスも割れて廃墟《はいきょ》みたいなのを趣って言わないのよ！」

「口が減らない子だね！」

老婆の言葉に絵里が答えると、口論が始まった。お互いに一歩も引かないやり取りが続いていたが、セディが間に入って仲裁する。

「もう、喧嘩《けんか》はダメだよ。二人とも僕の友達なんだから仲良くして欲しいな」

その言葉に絵里と老婆が黙ると、お互いを睨《にら》みつけるようにして、そっぽを向きつつかりそめの謝罪をする。

「悪かったわね。いじわる婆さん」

「気にするな。小憎たらし嬢ちゃん」

「何よ！」

「なんじゃ！」

どうみても謝っていない二人だが、落ち着いたようだ。老婆はセディに優しげな目を向けると、今日は何しに来たのかを確認する。セディは嬉《うれ》しそうに話し始めた。

「今日はね、エリーがお婆ちゃんのお店を凄《すご》くするんだって！」

大きく手を動かしながら説明したセディだが、内容が全く無いため、流石《さすが》の老婆も困惑していた。そして視線を絵里に向ける。

「説明しておくれ」

「ええ。セディが婆さんのお店が潰《つぶ》れそうと心配しているから、改善案を持ってきたのよ」

そう言いながら、絵里は老婆に今後の対応を伝える。リンゴを加工して販売する事。それを子供達が手伝う事。宣伝もして、売上向上を目指す事。

一通りの説明を聞いていた老婆は、しばらく目を閉じていたが、ゆっくり開くと絵里にも優しげな視線を向けた。

「ありがとうよ。エリー。そんなに私の事を気にかけてくれるなんてね」

「ちょっと、いつもと違う態度を取らないでよ。調子狂うじゃない」

先ほどまでの口論が日常のやり取りだ。再びそっぽを向いて耳まで真っ赤になっている絵里を見て、老婆は大きく笑った。

提示された改善案で、一番大変なリンゴ加工から始める。薄くスライスして乾燥させて日持ちさせる方法や、リンゴの皮を使ったアップルティーなどだ。大変とはいえ手作業でできる上に、この時代にはないものなので、流行《はや》ること間違いなしだろう。なんせ、後世で流行っているのだ。

　絵里の担当は店を改修して、ちょっとした喫茶店《きっさてん》を造る事である。流石に作業は大工《だいく》に頼むが、レイアウトや素材などは担当出来る。費用はハビシャムからもらったお金を使った。

「そんな大金をどうしたんだい」

「気にしなくていいよ。気の良い老紳士様がセディを気に入ってくれたものだから。ねえ、セディ」

　気にするに決まっている。そう老婆は言いたかったが、セディもよく分からないまま頷いており、好意に甘える事にした。二日ほどで改修も終わり、早速、喫茶店が開業する。

　昨日と今日で絵里やセディが宣伝をしており、思った以上に盛況であった。

　元々、傷《いた》んで廃棄《はいき》する寸前のリンゴを仕入れていて、原価も安く手間も掛からないので利益率は驚くほどのパーセンテージになっていた。開店して三日で一ヶ月で稼《かせ》ぐ以上の金額を叩き出し、その日の収支報告書を見て、老婆は何度も報告書と絵里に視線を往復させる。

「どうよ」

「いや、どうよって言われてもねえ。あんた何をやっちまったんだい」

「普通に商売しただけよ！」

あまりの金額に老婆が引いた感じになっていたが、絵里が内容をきっちりと説明すると納得した表情になった。隣で報告書を見ていたセディも分かっていないものの、老婆の生活が良くなると理解したのか満面の笑みを浮かべていた。

今までのギリギリだった生活が数日で改善された老婆は二人を遣わしてくれた神様に感謝の祈りを捧《ささ》げる。

「あんた達と出会わせてくれた神様に感謝だねえ。ありがとうよ、エリー、セディ」

「良いのよ。これからもよろしくね。長生きしてよ婆さん」

「本当に口数の減らない嬢ちゃんだよ」

絵里の軽口を聞いた老婆が、少し目尻《めじり》に溜《た》まっていた涙を引っ込めて呆《あき》れたような表情になりため息を吐く。しばらく無言だった二人だが、顔を見合わせると徐々に笑い出し、最後は爆笑するのだった。

そんな二人をセディは楽しそうに眺《なが》めていた。

「よし。これで準備は万端。後はハビシャムさんに報告だね」

トートバッグに着換《きが》えた服を仕舞い、懐中時計は時間が合っているのを確認する。

流石に自宅からは買った服を着て出られなかった。

きっと、両親と弟に何があったのか聞かれる。服を買ったこと自体は、最近の絵里の稼ぎを知っているので何も言われない。だが、七歳の娘が着飾《きかざ》って出かけるのであれば、どこに行くのかと問い質《ただ》されて当然だ。

「最近忘れがちだったけど、まだ私って小学一年生なんだよね」

そう言いながら、絵里は待ち合わせのホテルに向かう。

「婆さんの所は確実に結果が出たけど、ホップスとディックの店はまだ結果待ちなのよね」

絵里は歩きながら報告内容を復唱していた。ホップスの店は、例のエコバッグ販売を拡大させ、アニーやメアリなしでも立ち行くように指導した。一方ディックの店は原作通り、仲が悪く仕事をサボっては迷惑を掛けていた従業員に退職金を渡して出て行ってもらい、新たに開業させて大きな看板を発注しているが、これは出来上がりに時間がかかる。レンガ造り職人のマイケルも、リウマチが治るよう医者を手配したが、そうすぐに快復するわけではない。

「いや、七歳児に経営指南を受けるのもどうかと思うんだけどさ。まあ、時代が時代だからね」

自らの年齢を思い出し苦笑する。この時代は子供が働くのは悪い事ではない。仕事は少ないが、生活に苦しんでいる家庭なら、何かしら仕事はしていた。

絵里も当然ながら仕事をしている。それも大人顔負けの稼ぎっぷりだ。両親に自分の月収を伝えたら驚きのあまり卒倒してしまうかもしれない。それほど稼いでいた。

「イギリスに向かうセディの為《ため》にお金を用意しておかないとだからね」

セディを立派な小公子にする。そう絵里は誓《ちか》っている。

「っと、ここだね」

考えている間にホテルに到着したようだ。絵里は玄関から入ろうとしたが、入り口にいるベルボーイに止められてしまう。

「ここはお嬢ちゃんの様な子供が来るとこじゃないよ。どこかと間違えてないかい」

丁寧《ていねい》な口調だが、絶対に通さないとの意思を全面に出して道を防がれてしまう。どうしようかと対応を考えた絵里は正攻法で通り抜ける事にした。

「ご機嫌《きげん》よう。ここにドリンコート伯爵の顧問弁護士のウィリアム＝ハビシャム様が滞在中のはずです。彼にここへ来るように言われております。お取次を」

絵里の言葉にベルボーイの動きが止まる。見た目は小綺麗《こぎれい》なだけの少女だ。しかし、彼女の所作は洗練されており、声は自信に満ち溢《あふ》れていた。

逡巡《しゅんじゅん》した結果、ベルボーイはここで待つように伝えると、ホテルへ入って行った。しばらく待っていると、慌てた様子でやってくる。

「失礼しました。ハビシャム様より、部屋へお通しするようにとの仰せです。どうぞこちらへお嬢さま」

先ほどの応対とは雲泥《うんでい》の差である。絵里は優雅《ゆうが》に頷くと、ベルボーイの案内に従って中に入り、この時代には珍《めずら》しい電動式のエレベーターに乗る。

「へー。思ったよりも快適ね」

静かに動いているエレベーターに感心していると、目的の最上階で止まった。ベルボーイに案内され、扉の前までくると、ノックしてしばらく待つ。

「こんにちは、ハビシャム様。ご報告に参りました」

カーテシーを披露して挨拶する絵里に、案内してくれたベルボーイが納得した表情になる。様々な人物を見てきた彼からしても、絵里のカーテシーは完璧であった。

ハビシャムは軽く頷くと、案内をしてくれたベルボーイにチップを渡し、絵里を中に招き入れる。絵里はベルボーイに感謝の言葉を告げ、部屋に入って中を見渡す。思わず、感嘆のため息を漏らした。

ホテルの最上階のスイートルームである。洗練された室内は豪華であり、装飾品《そうしょくひん》の一つをとっても価値があるのが分かった。飾《かざ》られている壺《つぼ》を見て、思わず絵里が呟いた。

「これ一つで、私の生涯《しょうがい》年収を軽く超えそうね」

小さな感想はハビシャムの耳に届いたようで、彼は軽く笑いながらソファに座るように伝える。

「子供らしからぬ感想だね」

「失礼しました」

「いや、感心しているのだよ」

聞こえてしまったと少し頬を赤らめ謝罪する絵里に、ハビシャムは気にしないようにと伝える。実際、子供の感想ではない。ハビシャムは彼女を七歳児とは考えない様にしたようだ。

相応の年齢の淑女に対するような態度になる。

まずハビシャムは絵里に飲み物を確認した。

「紅茶をお願いします。イギリスの紅茶は最高だと聞きましたので、飲んでみたいです」

「ほう。コーヒーでなくてかね」

面白そうに確認してくるハビシャムに絵里は笑いながら答える。

「ええ、ヴィクトリア女王陛下《へいか》が愛される紅茶です。アメリカの失敗は紅茶よりもコーヒーを選んだ事だと私は思っております」

絵里の解答にハビシャムが大爆笑する。まさか、ここで女王陛下の名前が出てくるとは思わなかったのだ。しかも、紅茶はイギリスとアメリカにとって因縁《いんねん》がある。ボストン茶会事件をきっかけに戦争になり、アメリカが独立した経緯もある。

その知識を目の前の少女は披露《ひろう》して見せたのだ。これほどの利発さを持つ絵里からの報告にハビシャムは静かに興奮しているようだった。

「では、セドリック様に関しての報告をさせてもらいますね。ここ最近のセディは人助けに興味を持っています。まず、彼の友人である大人が居るのですが……」

絵里はリンゴ売りの老婆、雑貨店のホッブス、靴屋のディックを助けたいとの思いで、活動していると説明を始めた。

「ほう。それは素晴らしい。ドリンコート伯爵も喜ばれるだろう。彼は生まれながらにして、ノブリスオブリージュを理解している様だね」

感心したように話を聞いていたハビシャムが何度も頷く。セディの行動は素晴らしいの一言に尽《つ》きた。彼の知るドリンコート伯爵にはない高貴さを感じているのだろう。だが、彼が調べたセディは、整った容姿はしているものの、そこまでの行動力があるようには見えなかった。

「ええ、本当にセドリック様は素晴らしいお方です」

うっとりとした表情でセディの事を思い出しながら、絵里は報告に熱を入れる。少しでも好印象を与えたい。その思いからの言葉だ。

それはハビシャムにも伝わった。そしてさらに伝わってしまった事がある。

彼女が報告した内容の大部分は、セディではなく絵里が考えて実施《じっし》しているのだと。

なぜなら、ハビシャムの質問に対して、的確な回答を一瞬で返してしまうのだ。セディが考えて実施したのなら、ここまでの回答は出来ないであろう。

「いい報告をありがとう。フォントルロイ卿として彼はまさに相応しい」

「ええ、ええ！　私もそう思っています。セドリック様こそ真のフォントルロイ卿です」

ハビシャムの言葉に絵里は全力で同意する。

「それと君も素晴らしい。ここまでとは思っていなかった。想定外だが嬉しい誤算だ」

「え？　ありがとうございます？」

自分の報告がそれほど良かったのだろうか。喜んでいる様なのでいいのだろう。ひょっとしたら報酬《ほうしゅう》に色を付けてもらえるのかな。そんな事を思いながら、目の前にいるハビシャムを眺めていた。

「リップサービスでもなんでもないぞ。これからフォントルロイ卿の母上に事情を説明する。そして親子揃《そろ》ってイギリスへ来てもらう。そう、君も一緒に」

「ついに来たわね……えっ？　私も一緒にですか？」

「ああ、君も一緒だ。フォントルロイ卿の専属メイドとして」

突然の言葉に絵里が驚きの声をあげる。

この後、ハビシャムはセディと母親のアニーの元を訪ね、そこでイギリス行きの話をする。これは原作通りの動きだ。しかし、そこにはエリーなる人物は登場しない。小説でもアニメでも渡英するのはハビシャムとセディ一家だけであった。

「何か物語が大きく変わろうとしているのかしら」

小さく呟く。セディの性格は小説よりも幼《おさな》く年相応だ。神々しい容姿と性格はそのままだが、小難しい事を言わず、自分を慕《した》ってくれている。それはそれで嬉しいのだが、この先のイギリスでのイベントで傷付かないかと心配していた。

だが一緒に自分もイギリスへ行くのなら直接サポートが出来る。実は今日の報酬として、セディと手紙や電報のやり取りを認めてもらおうと考えていた。また、お金が貯まったら渡英し、近くに住んで陰からサポートする計画だったのだ。

急に黙り込んだ絵里に、ハビシャムは残す事になる家族や報酬の件で悩んでいると思ったようだ。

「ご家族の事なら心配いらない。また、給金もそれ相応な額を出そう」

「あ、いえ。そちらの話もありがたいのですが、仕掛かり中の仕事を誰に引き継いだらいいのか考えていました」

「なるほど。さすがだな。では、ここに残って考えをまとめるがいい。私はフォントルロイ卿と母上に会いに行くことにしよう」

絵里に具体的な金額を伝え、家族への補償も約束し、ハビシャムは部屋から出ていく。セディに付いていけるのが最大の報酬なのだが、提示された金額を聞き、専属メイドというのはそれほど高給取りなのかと絵里は驚くのだった。

「ただいまー」

「おかえり、エリー。どうしたんだい。そんな格好をして」

ホテルでお土産《みやげ》までもらい、絵里は疲れた表情で自宅へ帰ってきた。あの後、自宅に戻る前にタバコ売りの親方であるジェームズに仕事を数日後には辞めると話してからの帰宅である。

驚くジェームズに、イギリスへ行くことになったと伝えると、寂《さび》しそうにしながらも了承してくれた。

そんな打ち合わせをしてからの帰宅なので、絵里は精神的に疲れていた。元気の無い娘の態度に母親が心配そうに声を掛ける。

「大丈夫かい。そんな綺麗な服を着て帰ってくるなんて、あんた何かに巻き込まれて無いのかい」

「心配してくれてありがとう。でも、大丈夫だよ。この服はイギリスの紳士様に買ってもらったの。後、数日したらイギリスに行く事になったから」

「ああ、そうかい。気を付けて……なんだって⁉　どういう事なのエリー」

ちょっと近所へ泊まりに行ってくるといった感じの報告に、軽く頷きそうになった母親だが、驚きの声をあげる。絵里も言葉足らずだと反省《はんせい》し、ハビシャムから聞いた内容を伝える。

「実はセディがイギリスの貴族様だったの。だからイギリスに戻らないといけないのだけど、私が専属メイドとして雇《やと》われる事になったの。ちなみに給金と家への補助金額は凄いよ」

絵里から給金を聞き驚きの表情を浮かべる。旦那《だんな》の収入を軽く超えているのだ。それに家への補助も絵里がメイドとして働いている間は支給されるそうで、その金額があれば苦しい暮らしから抜け出せるのが分かった。

愛する娘が異国の地へ行くのは反対したいのだが、提示された金額に何も言えない。医者にかかれず、エリーが死にかけたこともあるのだ。絵里のお陰で窮状《きゅうじょう》は脱していたが、弟のことも考えると、安心できる金は欲しい。その後、父親が帰って来て話し合いになったが、最終的にはセディと一緒である事を理由に了承してもらえた。絵里本人が行きたい気持ちが強いことが、何よりも大きかった。

「もし、辛い事があったらすぐに戻ってくるんだぞ。お前の家はここなんだからな」

心配そうにしている父親の言葉に絵里の胸が熱くなる。この世界にやって来て一年程度しか経っていないが、本当の家族となっていた。絵里の心にあるエリーの記憶や感情も反応しており、思わず涙が流れてくる。

そんな感傷を抑え笑顔になると、自分が今まで稼いで貯めた中から半分を取り出し、両親へ手渡した。その金額の多さに驚いた両親から説明を求められ、絵里は夜通しで釈明することになった。

「ふわー、眠い。あんなに驚かれるとは思わなかった。ちょっと金銭感覚がおかしくなってたわ」

両親に渡した金額はかなりの額であった。何もしなくても半年以上は暮らせる額を渡されれば、どんな悪い事をしたのかと思われるだろう。実際、両親は何度も稼いだ内容を確認しており、それが正当な報酬であると分かっても中々受け取ってくれなかった。

最終的には弟の為に使って欲しいとの言葉に折れ、受け取ってくれたが、あの様子では使わずに置いておきそうであった。

「イギリスに行ったら、定期的に仕送りもしよう」

そこまですれば納得してくれるだろう。

「おはよう。エリー」

「ちょっとどうしたのよセディィ！」

眠気と戦いながら歩いていた絵里に暗い顔のセディが挨拶をしてきた。今にも泣きそうな表情に絵里が驚き、思わず抱き締めて慰《なぐさ》めようとして思いとどまる。いつもならセディから抱きついてくるのだが、今日はそんな元気もないようであった。

「昨日、ハビシャムさんって人がやってきてさ。どうやら僕は貴族で、イギリスに行かないと駄目なんだ」

ハビシャムと何かあったのかと思った絵里だが、今の言葉だけだといい事にしか聞こえない。何が問題なのかと絵里が首を傾げると、セディの目に涙が滲《にじ》み始める。絵里は大混乱した。

「泣かないでセディ。涙を浮かべる表情も素敵だけど、悲しい顔は見たくないわ」

「でも、僕がイギリスに行ったら、エリーとは会えなくなってしまう」

なんとか涙を堪《こら》えているセディだったが、ついに一筋の涙が流れてしまう。慌ててハンカチを取り出し、涙を拭《ふ》きながら絵里はさらに首を傾げた。

「ハビシャムさんから話を聞いてない？　私もセディと一緒にイギリスへ行くんだけど」

「え？」

泣き出した理由が自分との別れだと知り、絵里は嬉しく喜びが出そうになったがなんとか止《とど》まり、セディに伝える。その話を聞き、一瞬固まったが、聞き間違えたのかと、もう一度確認してくる。

「本当に？　僕と一緒にイギリスへ行ってくれるの？」

「もちろんよ。セディが嫌だって言っても無理やり付いて行って、陰からずっと見守るんだからね」

絵里が満面の笑みでストーカーばりの発言をするのだが、セディは全く気付かずに思いきり抱き着いて額や頬に何度もキスをする。

「嬉しいよ。エリーと一緒だったらイギリスに行くのも嫌じゃなくなったよ。大好きな人にもエリーが付いて来てくれるって伝えなきゃ。ああ、さっきまで地獄に向かうと思っていたけど、今は天国への階段に登るみたいだ。エリー大好きだよ！　これからもずっと一緒に居てくれるよね。あれ、エリー？」

ハイテンションで喋《しゃべ》り続けていたセディだが、絵里からの反応が無く、不思議に思い確認すると、幸せな顔で全身真っ赤になった絵里が微笑んでいた。

「わたしもよ、セディ」

絵里は静かに言った。

# 第三話　故国を後に

「ハビシャムさん、よろしくお願いします」

旅立ちの日。

絵里《えり》とセディ、アニー、それとメイドのメアリ四人が港へやって来た。アニーが代表してハビシャムに挨拶《あいさつ》をしており、セディは絵里を抱き締め、メアリは緊張した様子でハビシャムに頭を下げていた。

「ところでフォントルロイ卿《きょう》はどうかしたのかね」

「いえ、それが出発前にちょっとした騒動がありまして」

セディは絵里を離さないとばかりに抱き締め続けており、ハビシャムが何事かと確認してくる。問われた絵里は抱き着かれたまま、器用に首をすくめ事情を説明する。

家の前が盛大な壮行会になった。りんご売りの老婆《ろうば》に雑貨屋のホップス、靴磨《くつみが》きのディックを始め、タバコ売りの親方ジェームズや同級生だけでなく、街で有名人の絵里と人気者のセディに別れを告《つ》げようと驚くほどの人が集まったのだ。

そして、親方が男泣きしながら絵里を抱き締める、「辛《つら》かったらいつでも帰って来い」と離さなかった。最初はしんみりとしていた絵里だが、親方がいつまで経《た》っても離さないので最後は突き飛ばした。

周りは爆笑の渦《うず》だったが、それを皮切りに市場の者達が絵里に殺到する。行かないでくれ、これからも店の面倒を見てくれ。そう言った言葉が溢《あふ》れ返る。それを聞いたセディが絵里を抱き締め、大声で「エリーは僕と一生一緒にいるから駄目！」と叫《さけ》んだのである。

絵里はプロポーズを受けたと真っ赤な顔になっており、集まった者は大笑いし、アニーは絵里に、エリーの両親はセディに「任せたわよ」と伝える始末である。

しんみりとしなくてよかったのだが、今に至るまでセディは絵里を離そうとしない。誰《だれ》にも取られてなるものか。そう周囲に主張している様であった。

「なるほど。それでフォントルロイ卿はそうなったのか。ご安心を。彼女は貴方《あなた》の専属メイドとして雇《やと》っております」

「専属メイド？　メアリみたいな？」

含み笑いをしているハビシャムからの説明を聞き、セディが首を傾《かし》げる。

「ええ、そうです。メアリのような。何かあれば一番に駆けつける。片時も離れる事がない。貴方が解雇《かいこ》しない限りは」

「そんな事をするもんか。エリーは一生一緒にいるんだから。でも、メイドだと遊んじゃ駄目なの？」

「いえ、それはフォントルロイ卿が命じれば問題ありません」

「そうよ。友達との関係には変わらないわ。ご主人様とメイドでも、二人きりなら今まで通りにしていいのよ」

絵里は〝二人きりなら〟と伝えることで、メイドとしての一線を引きながら、セディには友人であると安心させ、同時にハビシャムには立場を理解していると伝えたのである。

「うむ。さあ、船に乗ろうじゃないか」

「うわー、こんな大きな船に乗ってイギリスへ行くんだ。僕、最初はイギリスへ行くのは嫌だったんだけど、エリーも、大好きな人も、メアリも一緒だから大丈夫です。お爺《じい》さまは僕の事を歓迎してくれるでしょうか」

目の前にそびえる客船を見上げ、自分を見ているハビシャムに気付くと、大きく咳《せき》払《ばら》いをして表情を整え、セディは心境を伝える。

ドリンコート伯爵《はくしゃく》がどのような気持ちでセディを待っているかを知っているハビシャムは微妙な顔を一瞬したが、すぐにポーカーフェースになり優し気な視線をセディに送った。

「ええ。伯爵は貴方と会えるのを楽しみにされていますよ。なので、旅の準備や友人方の手助けをしてくれたでしょう」

「そうだね。エリーも一緒に居てくれるなら、お爺さまと会うのも楽しみだよね」

輝かんばかりの笑みを浮かべて、未来に思いを馳《は》せるセディに、彼を絶対に幸せにしなくてはと絵里は強く誓《ちか》いながら、意気揚々《ようよう》と船に乗り込んだ。

「気持ち悪い。セディは元気そうね」

「エリー大丈夫なの？　さっきから辛そうだけど」

船は出港し、順調にイギリスへ向かっていた。そして、絵里は揺れる船に酔ってしまい、ベッドで横になっていた。

目を瞑《つむ》れば酔いが酷《ひど》くなるので閉じる事も出来ない。出来れば原作でセディが遭遇《そうぐう》するイベントを見たかったのだが、それも無理そうだ。

確か、エロル夫人アニーは船に乗ったタイミングでこれからは一緒に住めないとセディに告《つ》げるはずなのだが、そういったイベントはまだ発生していないようだ。

セディは機嫌《きげん》よく船内の探索をしており、仕入れた情報を絵里に楽しそうに伝えていた。

「ジェリーと友人になってさ。ロープの結び方や索具《さくぐ》の装着方法を教えてもらったんだよ。あと、これは内緒なんだけど」

周囲を見渡し、アニーと絵里しかいないのを確認すると小さな声で話し始める。

「彼は三千回も航海に出てて、その度に遭難しているんだ。野蛮《やばん》な人達に襲われて何十回も焼かれ、皮を剝《は》がれて、そのせいで頭の毛がなくなったんだって」

パロマチャウィーキンズ族の王にナイフで剝がれたと語る際の表情は青褪《あおざ》めており、セディは両手で肩を抱えるようにしながら、恐怖に耐《た》えていた。

「そうなんだ。そのジェリーさんは歴戦の船乗りなのね」

「そうなんだよ。彼は船乗りでもあり、冒険家でもあるんだって。でも、偶《たま》に同じ話なのに人の名前が違ったり、宝物が増えたりするんだ。きっと、危険な目に遭《あ》って頭の皮を剝がれたから忘れっぽくなったんだね」

「ふふ、そうね。私もジェリーさんに会ってみたいわ」

そんな話をしていると、五日目に絵里はジェリーと会うことが出来た。セディの話通り、頭は禿《は》げており、かなり老齢に見えた。ハビシャムよりも年上ではないのかと思ったが、年齢を聞くと、まだ四十代との事で驚いた。

「ジェリーさんのお話を聞きに来たんです。セディが歴戦の船乗りで冒険家だと嬉《うれ》しそうに話してくれるんですよ」

そう挨拶すると、ジェリーは機嫌よく色々な話をしてくれた。特に南極で未知の巨大生物と戦って生還した話は本当に楽しかった。原作にない話なのだ。

――これも現地にいる特典ね。

そう思いながら、隣《となり》で興奮しながら聞いているセディを眺める。

「ジェリー。昨日は巨大生物に飲み込まれたと言っていたけど、実は倒したんだね」

「そうだな。飲み込まれたのは喜望峰《きぼうほう》近くで漂流した話だな。南極では倒したんだよ。あれは同じ怪物だろうな。俺が付けた傷が残っていたからな」

セディの興奮した口調に合わせるようにジェリーはさらに話を盛る。そんな二人の話を聞きながら、絵里は楽しそうにしていた。その後、セディは甲板で集まっている紳士淑女にジェリーの冒険譚《たん》を滔々《とうとう》と語って聞かせる。

夜には談話室にやってきたハビシャムにも語る。そして絵里からはセディの話を元にチップをもらったと報告を受け、呆《あき》れた表情を浮かべる。

「金銭感覚に優れていることは評価するが、感心しないな。エリーはフォントルロイ卿の専属メイドとして働いてもらう。ドリンコート伯爵の名誉《めいよ》を損《そこ》ねるような事を慎《つつし》むように」

「申し訳ありません。ただ、もし何かあっても生活出来るようにしておこうと」

「安心しなさい。そこは私の名誉に誓って伯爵を説得する。万が一、君が思うような事が起こったとしても、私が直属の秘書として雇《やと》う」

ハビシャムの発言に絵里が驚く。まさか、そこまで考えてくれているとは思ってもみなかった。

「なので、君はフォントルロイ卿の側《そば》にいて、彼の行動に注意を払いながら報告してくれればいい。ほら、君の大事なご主人様はジェリーの元へ行ったようだ。なにやらマストに案内してもらうと言っておられたよ」

「ちょっと！　セディ待ちなさい。マストはダメよ。本当に危ないんだから」

ハビシャムの言葉に絵里が顔面蒼白《そうはく》で談話室から飛び出していった。そんな後ろ姿を楽しそうに眺めながら、ハビシャムはパイプを取り出し火を付けて紫煙《しえん》をくゆらせている。

「それにしてもマストが危険との知識もあるのか。本当に底が見えない子だ」

先が楽しみだと優雅にワインを楽しんでいたハビシャムだが、この後、本当にセディがマストに登ろうとしていたと聞き、仰天《ぎょうてん》する事になるのだった。

ニューヨーク港を出発して十一日目にリバプール港に到着した。港ではセディを取り囲んで別れを惜《お》しむ人々があった。船客は、セディとの交流のお陰で、それほど楽しい船旅になったのだ。そんな様子をハビシャムは嬉しそうに見ている。

これも伯爵に報告出来ると思っているのだろう。ここまで人気者になる素質を持つフォントルロイ卿だと知れば、偏屈《へんくつ》で有名な彼であっても喜んで孫を迎えいれるはずだ。そして、囲まれているセディの背後に静かに立っている絵里。

「ふむ。イギリスに着いて、もうメイドとして動くのか。素晴らしい」

絵里の佇《たたず》まいはまさにメイドとしてのものであった。主人の背後で控《ひか》えながらも、何かあればすぐに動けるような位置にいる。そして、困った事があれば、さりげなくフォローしている。

「イギリスにも彼女のように成熟したメイドは少ないだろう。本当に七歳なのかと、何度でも思ってしまうな」

ドリンコート領へ向かう汽車の時間も把握《はあく》しており、遅れないようにさりげなくセディを囲みから解放して、ハビシャムの元へ連れてきた。その一点だけでもハビシャムは満足出来るレベルである。

「エリー、ご苦労。では、ドリンコート領へ向かおう」

「ハビシャムさん。メアリが居ません」

セディが汽車に乗り込むと周囲を見渡し不安そうな顔になる。メイドとはいえ自分が生まれた時から面倒を見てくれていて、家族のように一緒にいた彼女がいないのだ。今にも飛び出して探しに行こうとするセディを絵里が宥《なだ》める。

「大丈夫ですよ。メアリさんは、一足先にコートロッジへ向かっていて、フォントルロイ卿と奥様を迎え入れる準備をしていますから」

周囲が静まり返る。コートロッジはドリンコート伯爵領にあり、城とは若干《じゃっかん》離れている地である。原作でアニーが住むことになる土地のはずだが、何か間違いがあったのかと首を傾げる絵里に、アニーが軽く咳払《せきばら》いをする。

「どうしたのエリー。急にそんな大人びた話し方をするなんて」

「専属メイドとしての話し方を心がけたのですが、駄目でしたでしょうか」

アニーが悲しそうな顔になり、ハビシャムに批判めいた目を向ける。それを受けて、ハビシャムは慌ててかぶりを振ると、自分の指示ではないと伝える。

「私の指示ではありませんよ。エロル夫人。彼女が自分の判断で言葉遣いを変えたのです。そうだな、エリー」

「エリー、そんな友達じゃない話し方をしたら悲しいよ。いつものように話して」

大人二人のやり取りと、セディの言葉に少し先走りすぎたと思った絵里が反省した顔になる。ドリンコート城へ行くまでに慣れておこうと思ったのだ。ハビシャムに軽く頭を下げると、傷付いた表情を浮かべるセディを絵里が優しく撫《な》でる。

「ごめんね。でも、ドリンコート城ではセディは私のご主人様なの。だから、今から慣れてほしいな」

本当は自分が慣れるつもりでの発言だったのだが、卑怯《ひきょう》だと思いながらもセディに慣れて欲しいと伝える。それを聞いてセディは全力でかぶりを振りながら拒否してきた。

「嫌だよ！　エリーは僕の大好きな人なんだ。そんな言葉を使わないといけないなら、今すぐにアメリカに帰ろう。ねえ、お母さまもそう思うでしょ」

いつもなら「大好きな人」と母親を呼ぶセディなのだが、混乱しているのか絵里を「大好きな人」と、アニーを「お母さま」と呼んでいた。そんな息子の様子にアニーは頷《うなず》いて落ち着かせると、絵里と視線を合わせる。

「エリー、貴方《あなた》が聡明《そうめい》で賢明なのは知っているわ。でも、まだセディも貴方も七歳なの。どうか友人のままでいてちょうだい」

「私からも頼もう。流石《さすが》に公式の場では無理だろう。また、伯爵の前では我慢《がまん》してもらうしかない。だが、二人でいる際は今までのままでいい」

「本当ですか、ハビシャムさん。だったら、僕は公式の場とお爺さまの前では我慢します。よかったね、エリー」

「ええ、そうね。急にごめんね、セディ」

ひと騒動起こっている間に汽車は出発していたようだ。その後はセディも落ち着き、風景を楽しんでいた。


そして、夜にはドリンコート領へ到着する。駅前には馬車が一行の到着を待っていた。馬車に乗っているのはセディとアニー。そこにハビシャムと絵里の姿はない。

荷物を積み込み、ゆっくりと田園風景の中を進む。これが夜でなければ黄金色に輝く小麦畑が広がっているのが見えただろう。そして、ドリンコート伯爵領の大きさを実感できたはずだ。

しかし、街灯もなく、頼りになるのは馬車にある灯《あか》りだけである。

「そろそろコートロッジに到着するのかしら」

「ええ、エロル夫人。あの灯りが見えている場所がコートロッジです」

疲れた様子で呟いたアニーの一言に御者《ぎょしゃ》が反応する。しばらくすると静かに馬車が止まり、扉が開かれた。馬車から降りた一同に女性が一人走り寄ってくる。

「貴方が先にいてくれて嬉しいわ、メアリ」

メアリの姿を見て安堵のため息を吐《つ》いたアニーが、抱き着きながら旅路の無事を喜ぶ。メアリも嬉しそうな顔になった。

「私もホッとしましたよ。ここの皆さんは良い方ばかりですよ。奥様」

彼女の背後には数名の使用人が控《ひか》えており、静かに頭を下げていた。だがそう伝えるメアリの言葉はどこかぎこちなく、使用人たちも黙ったままであった。

実は彼女たちは先ほどまでメアリと話しており、その内容はあまりいい話ではなかったのだ。

曰《いわ》く、伯爵はアメリカ人嫌いである。勘当《かんどう》までしたのに、後継者が居なくなった途《と》端《たん》に連れ戻そうとし、死去しているのを知ると、孫を無理やり呼び寄せた。莫大《ばくだい》な財産はあるが、痛風持ちで、すぐに癇癪《かんしゃく》を起こすので、自分なら後継になりたくない。

――お坊ちゃんは苦労されるだろうね。

メアリはセディの天真爛漫《てんしんらんまん》な笑顔が消え去らないかと心配しながらも、聞いた内容をどうしても伝えられなかった。

「さあ、セディ。今日で最後なので二人で寝ましょうね」

「最後？　どういう事なの。大好きな人」

アニーがさりげなく伝えた言葉に、不思議そうな顔をするセディ。そして、詳しく話を聞くと仰天《ぎょうてん》したような表情になった。

「聞いてない」

「そう、言ってなかったわ。だって、聞いたら来なかったでしょ。私は、貴族のしきたりが分からないから一緒にいけません。これから学ぶにも遅すぎます。でも貴方はまだ小さいから、これから勉強すればいい」

そう伝えられる。

セディはなんとか涙を堪《こら》えていたが、我慢出来なくなったのか、涙が溢れ始め、そして号泣しだした。いつもならここで絵里が登場するのだが、この瞬間はドリンコート城へハビシャムと一緒に向かっており居なかった。

——そのタイミングを狙《ねら》っていたのよね。

号泣しているセディを申し訳なさそうに見ながら、アニーは考えていた。

エリーは高熱で倒れ、そして復帰してから人が変わったように大人びた。そして、大人顔負けな行動力で、次々と案を出し、周りを助け始める。

その中心には必ず自分達がいた。

夫を亡くして意気消沈している自分を慰《なぐさ》め、そしてセディを本当に大切に慈《いつく》しんでくれている。

これから愛する息子と離れ離れになると伝える事も、きっと彼女ならセディが傷付かないように伝えてくれるだろう。しかしその代わり、彼女がセディを騙《だま》しているような行為《こうい》に、自らを傷付けてしまう。そうアニーは考えていた。

なので、絵里には明日の朝にセディへ伝えると言っており、それを信じた彼女はハビシャムと共に伯爵へ会いに行っている。これを伝えるのは、母親の役目であるべきだ。

「セディ。これから貴方はフォントルロイ卿として、敬愛するお爺さまと暮らす事になるわ。そうなると、他の貴族との付き合いも出てくる。そうなったら、アメリカ人の私がいては迷惑をかけてしまうの」

優しく話し掛けるアニーの言葉はセディに届いているはずだ。だが、彼の心の中は嵐《あらし》が荒れ狂っており、言葉を返すことが出来ないのだろう。

「それにね、エリーが一緒に居てくれるでしょ。だから、私は安心してコートロッジに居る事が出来るのです。二度と会えない訳じゃないわ。お城からここまでは馬車で三十分よ。愛する貴方が貴族としての素養を身に付け、エリーと見せに来てくれるのを待っているわ」

セディは涙を拭《ぬぐ》いながらぎこちない笑みを浮かべる。母親の言葉を噛《か》み締めながら、決意を秘めた目をする。

「そうだ。僕がエリーを守らないと。分かったよ、大好きな人。すぐに会いに来るから」

そう言いながら、セディが母の胸に飛び込む。少し震えているようだ。決意を固めたとしても七歳の子供である。

「ええ、待っているわ。エリーの事を頼みましたよ。フォントルロイ卿」

アニーはそう言いながら、力強くセディを抱きしめ返す。本当は自分も号泣したい。それほど息子を愛しているのだ。

影から見守っていたメアリや使用人達は話を聞きながら、静かに泣いていた。そして、二人の会話に登場する、ハビシャムと一緒に伯爵の元へ行ったエリーなる人物についてメアリに質問をするのだった。

# 第四話　ドリンコート城にて

「原作だとセディがハビシャムさんとドリンコート城に入るんだけどな」

深夜近くになろうとしているのに、ハビシャムは絵里《えり》をドリンコート城へ連れて行く。前世を合わせると、年齢的には立派な大人である絵里だが、身体的には七歳であり、疲れはピークになっていた。

それでも気力を振り絞り馬車に乗っている。セディの専属メイドとして認められる為《ため》である。今のセディではドリンコート伯爵《はくしゃく》と上手《うま》くやれるイメージがないのだ。

「緊張しているのかね」

「少し。大貴族であるドリンコート伯爵様に謁見《えつけん》出来る栄光に与るなんて、アメリカでは思いもよりませんでした」

——その割には落ち着いているな。

そうハビシャムの顔が語っているが、原作で知っているのだから仕方がない。知らない人と会うよりは緊張も少ないだろうものだ。

そう思っていると城に到着する。

「ハビシャム様。旦那《だんな》様がお待ちです」

馬車から降りると、恭《うやうや》しい態度で執事が出迎えてくれた。

「ご機嫌《きげん》はどうかね」

確認するハビシャムに、執事は曖昧《あいまい》な笑みを浮かべる。

「そうか」

少し顔を顰《しか》めながら頷《うなず》いたハビシャムは絵里を伴うと、伯爵が待つ応接間へと向かう。

「これからお会いする伯爵は気難しい方だ。十分に気を付けるように」

「はい、もちろんです」

扉を開け中に入ると、部屋は暗く主人の気持ちを表しているようであった。暖炉《だんろ》の側《そば》に老人が座っており、なぜか杖《つえ》を持っていた。座っているのになぜと疑問に思う間も無く、怒声が部屋に響き渡る。

「ハビシャム！　なぜアメリカ人を連れて戻った。儂《わし》はフォントルロイだけを連れて来いと命じたはずだ」

杖を持っているのは今にも立ちあがろうとしているからであった。握りしめる杖は震えており、それだけを見ても彼がどれほど怒りに震えているかが分かる。

「はい、確かに私はフォントルロイ様を連れて来るように命じられました。なので彼女を連れてきたのです」

「続けろ」

冷静な返事に、伯爵が少し落ち着きを取り戻しソファに深く腰を掛ける。小さく呼吸を整えながら、ハビシャムは絵里をここへ連れてきた経緯を話しだした。

「以上から、彼女を連れて来なければ、フォントルロイ様はイギリスへ来る事はなかったと申し上げます」

「なら、もう用済みだ。十分な謝礼を渡して帰らせろ」

この場に絵里が居ないかのように話す伯爵を目にし、ハビシャムは相変わらずだとため息を吐《つ》く。

「この聡明《そうめい》なエリーをフォントルロイ様の専属メイドとして採用をお願いします」

「このアメリカ人が聡明だと。我が栄光あるユニオンフラッグを踏《ふ》み躙《にじ》った蛮族《ばんぞく》が聡明だと言いたいのか」

「はい、そうです。エリー、ドリンコート伯爵に挨拶《あいさつ》を」

鼻で笑いながら呆《あき》れた表情を浮かべる伯爵に、ハビシャムは自信を持って答える。そして絵里に挨拶を促《うなが》すが、彼女はピクリとも動かなかった。入室してからは少し頭を下げた状態であり、メイドの姿勢としては正しいのだが、挨拶もしないのは想定外であった。

「ど、どうしたのだ。伯爵へ挨拶をしないか」

「ふん。見たことか。この小娘は礼儀一つ出来ておらんではないか」

焦《あせ》っているハビシャムと皮肉を言いながら、こちらを蔑《さげす》んだように見ているドリンコート伯爵。

――まあ、見てなさい。

そう思いながら、絵里はハビシャムへ話しかける。

「ハビシャム様。挨拶との事ですが、旦那様から口を開く許可を受けておりません」

静かに告げ《つ》られた内容にドリンコート伯爵とハビシャムが固まる。確かに、主人の許可なしに発言は出来ない。ドリンコート伯爵の後継者たるフォントルロイ卿《きょう》専属ということは、大元の主人は伯爵ということになる。七歳児がそれを理解して沈黙を続けていたのかと、少し興味を持った様子の伯爵が絵里に視線を向ける。

「よかろう。挨拶をしてみろ」

静かで威厳《いげん》ある声が部屋に響く。以前に披露《ひろう》したカーテシーを再現し、絵里は頭を下げる。

「女王陛下《へいか》より信任され、広大な領地を治めるドリンコート伯爵様にご挨拶を申し上げます。私はフォントルロイ卿に忠誠を誓《ちか》うエリーと申します。陰日向《かげひなた》から卿のサポートを行い、伯爵の後継者となられるよう、全力を尽《つ》くします」

「ふむ。悪くない」

ソファからゆっくり立ち上がったドリンコート伯爵が近付いてきた。杖を持ったまま、やってくるのを見て、ハビシャムは内心冷や冷やとしていた。

彼女が殴《なぐ》られてしまうのではないかと心配そうに見ていたが、伯爵は絵里の顎《あご》を持って顔を上げさせると覗《のぞ》き込んだ。

「儂を前にしても怯《おび》えんとはな。誰《だれ》も教えてくれなかったのか」

「いいえ、恐れながらアメリカでも伯爵は新聞のお陰で有名でございます」

「ほう、どう有名なのだ」

自分を見返しながら、澄《す》んだ瞳《ひとみ》のままの少女が放つ言葉に興味を掻《か》き立てられたドリンコート伯爵。続きを話すようにと命じると、絵里は淡々と語りだした。

「広大な領地を治める大貴族であり、冷徹《れいてつ》であると」

「エ、エリー。なんて事を」

ハビシャムが顔面蒼白《そうはく》になる。そのような事を言えば伯爵が激昂《げっこう》するに違いない。

だが、伯爵は面白そうな顔で続きを促す。

「それだけか」

「いいえ、先ほどのは単なる聞きかじった情報です。これからは私の推測です。ドリンコート伯爵様は、フォントルロイ卿と、どのように接していいのか悩まれております。それについてはご安心ください。ここではセディと呼ばせて頂きますが、セディと伯爵様を仲良しにして差し上げます」

一気に伝えた絵里が笑みを浮かべる。

原作でもそうだった。伯爵は愛に飢《う》えている。それをセディに埋《う》めてもらい、溺愛《できあい》するようになるのだ。

「はっはっは。アメリカ人はやはり気に食わんな。好き放題に言えばいいと思っておる」

意外にドリンコート伯爵は機嫌が良かった。大笑いした後に、踵《きびす》を返すとソファに座り直す。その際にすかさず動いた絵里が座るのを補助していた。

「いいだろう。フォントルロイの専属メイドに命じよう。ハビシャム、こやつの監視はお前がやれ」

混乱しているハビシャムを楽しそうにドリンコート伯爵が眺めていると、絵里が問いかけた。

「畏《かしこ》まりました。これから伯爵様の事はどのようにお呼びすれば」

少し考え込むと、試すような顔で逆に質問をしてきた。

「お前ならどう呼ぶのだ」

「はい。私はフォントルロイ卿の専属メイドですので、公の場ではフォントルロイ卿をご主人様と呼びます。なので、伯爵様の事は旦那様とお呼びしてもよろしいでしょうか」

「いいだろう」

「では、旦那様。今日はこれでお暇《いとま》を頂きます。ハビシャム様はどうされますか」

「私はもう少し残る。エリーは泊めて頂きなさい」

絵里のカーテシーを見ながら、ドリンコート伯爵はベルを鳴らす。そして現れた女性に、先ほど絵里と話していた時とは全く違う威圧的な声で、彼女を客室に泊めるよう命じる。

「では、失礼致します。明日はフォントルロイ卿と一緒にやって参ります」

絵里の挨拶に頷くと、伯爵は彼女が出て行ったのを確認し、ハビシャムに向かいに座るよう命じ、パイプに火をつけて大きく吸い込んだ。

「何者だ。あの少女は」

「実は私も分かっておりません。あの年齢でありえないほどの教養を身に付けており、フォントルロイ卿との仲も良く、エロル夫人からも信頼が厚い少女です。彼女が居るおかげで問題なくイギリスまでスムーズにフォントルロイ卿を連れて来られました」

報告では孫に仲のいい少女が居るとは聞いていたが、これほどまでの人物とは思ってもいなかった。城内に居る誰よりも洗練されている所作であり、手本としたいほどだ。

「明日にフォントルロイに会うのが実に楽しみだ」

ハビシャムから二人についての報告を聞きながら、ドリンコート伯爵は機嫌が良かった。

翌日、絵里がコートロッジへ迎えに行くと、二人が別れをしている最中であった。

だがエリーが馬車から降りた姿を見たセディとアニーは、物凄《ものすご》い勢いでやってくると同時に抱きついた。

「ちょっ！　アニーさんまで」

「エリー、昨日はどこに行ってたんだよ」

「心配していたのよ。伯爵に何もされなかった？」

慌てている絵里に、矢継《やつ》ぎ早に質問をしてくる。全く問題ない事と、セディの専属メイドとして雇《やと》ってもらえる事が確定したと聞くと大喜びをされた。特にアニーは自分が城内へ入る事はないので、エリーが側に居てくれるのは心強いという。

「これで一生のお別れじゃないわ。私はここに居る。ここから貴方《あなた》達の事を見守っているわ。愛しているわセディ。そしてお願いねエリー」

気丈に振る舞っているが、微《かす》かに唇《くちびる》が震えている。愛する息子と離れ離れになるのが応《こた》えているようだ。当然だ。夫との愛の結晶である。そんな彼女がセディと別れて平気な訳がない。

「必ず、セディをコートロッジへ連れて来ます」

「ええ、分かっているわ」

「すぐにエリーと戻ってくるからね。大好きな人」

馬車がゆっくりと進む。窓から顔を出して手を振るセディの姿に、絵里は少しでも早く連れ帰れるように、原作よりも早く話を進めようと誓った。

「ねえ、ウサギが見えたよ、エリー」

楽しそうに窓から顔を出して外の景色を見ていたセディがはしゃいでいた。どうやら彼なりに、気持ちの整理を付けたようだ。

「こんにちは。いい天気ですね」

庭の手入れをしている男性にセディが挨拶をしていた。馬車から声を掛けられ驚いた男性だったが、それがアメリカからやってきたセディだと分かると笑顔で挨拶を返してくれた。

道すがら挨拶をするセディは、早速有名人になっていた。休憩時間には、フォントルロイ卿は気さくで天使のようであると出会った庭師が言い回っており、その話を聞いたドリンコート伯爵は満足げな様子だったという。


「お帰りなさいませ。フォントルロイ様」

玄関ホールには使用人達が勢揃《せいぞろ》いで待っていた。その中から、灰色の髪に帽子を被《かぶ》った一人の女性が前に出てきた。そして恭しく挨拶をする。

「私はドリンコート伯爵家のメイドの長を務める、メロンと申します。フォントルロイ様のお父様、ジェイムズ・エロル様がいらっしゃった頃《ころ》からここに勤《つと》めておりますので、わからないことがあれば何でもお尋ねください」

「そうなのですか。今度、ぜひ話を聞かせてください」

感動しているセディに、絵里も感動していた。本物のメロン夫人だ。登場シーンは少ないが、絵里が気に入っているキャラの一人であり、彼女のグッズも作っていた。

「フォントルロイ卿、ドリンコート伯爵が書斎にお呼びです」

メロン夫人の手を取って嬉《うれ》しそうにしているセディに、ハビシャムが声をかけてきた。彼も城に一泊しており、ドリンコート伯爵の元へセディを連れて来るように指示されていた。

「では、私はメロン夫人や他の方に挨拶をして参ります。セディ様は旦那様の元へ」

ハビシャムに連れられ、ドリンコート伯爵の元へ向かうセディの後ろ姿を見送っていると、絵里は周囲から強烈な視線を感じた。どうやら、アメリカからやって来た正体不明な絵里を怪しんでいるようだ。

「初めまして、皆様。本日付でフォントルロイ様の専属メイドとして雇われましたエリーと申します。なにぶん、七歳の若輩者《じゃくはいもの》です。ご迷惑をお掛けしますが、ご指導ご鞭撻《べんたつ》よろしくお願いします」

カーテシーを披露《ひろう》しながら、優雅《ゆうが》に挨拶をする絵里に一同が驚愕《きょうがく》する。そして、これからお世話になるとアメリカで自作したトートバッグをプレゼントする。日本式の引っ越し挨拶を真似《まね》たのだが、意外と好評であった。

また、親元を離れて、セディのためにイギリスまでやって来たとの話に涙を流している者もいた。メロン夫人もその一人である。

「フォントルロイ様の為に祖国を捨ててくるなんて。なんて健気《けなげ》な子なの。分かったわ。私が貴方の母親代わりになります。これからはそう思って頂戴《ちょうだい》」

「ありがとうございます。メロン夫人にそう言ってもらえて嬉しいです」

お気に入りの人物に抱きしめられ、頭を撫《な》でながら母と呼んで欲しいと言われ、絵里のテンションは爆上がりだった。他の使用人や料理人達も優しい目で見ており、どうやらいじめられたりしなさそうだと安堵《あんど》する。

そこに、ハビシャムが部屋に入ってきた。そして、絵里を見つけるとドリンコート伯爵が呼んでいると伝える。

「畏まりました。皆さん、お忙しい中、ありがとうございました。これからもよろしくお願いしますね。では、失礼します」

ハビシャムに続いて部屋から出ていった絵里を見送りながら、どうすればあの年齢で、あそこまで優雅に出来るのだろうとメロン夫人は疑問に思うのだった。

「お待たせしました、旦那様」

「エリー！」

書斎にやってくると、扉を開けた瞬間にセディに抱きつかれた。相変わらずの可愛《かわい》らしさに頰《ほお》が緩《ゆる》み切ってしまいそうになるが、なんとか踏《ふ》ん張る。ドリンコート伯爵の視線を感じたからだ。

「セディ様。貴族はいきなり抱きついたりしないのですよ」

「そうなの？　さっき、お爺《じい》さまに何度も抱きついちゃったよ」

少し落ち込んだ表情で告白するセディ。驚いた表情で絵里が思わずドリンコート伯爵を見ると、そっと視線を外された。マナーとしてなっていないと注意するかと思ったのだが、どうやら可愛い孫の抱きつき攻撃に無抵抗を決め込んでいたようだ。

「家族との触れ合いは大事ですからね。特にセディ様は生まれてこのかた旦那様とは会ったことがなかったのですから。しばらくは家族の時間を取り戻す為の特別対応で構いませんよね、旦那様」

セディの表情に焦《あせ》った絵里が慌ててフォローする。そしてドリンコート伯爵もされ気なくフォローする。

「ああ、構わない。フォントルロイが慣れるまで抱きついて構わないぞ」

「ありがとうございます。お爺さま」

軽く咳払《せきばら》いしながら許可を出したドリンコート伯爵に、セディが満面の笑みを向け、再び絵里に抱きつく。

――ちょっと嬉しいんですけど鼻血が出そう。相変わらずセディの体って柔らかくて、いい匂《にお》いがするわ。

そう思いながらセディをいつものように満喫《まんきつ》してしまった。流石《さすが》にドリンコート伯爵の手前、不味《まず》いと思い慌てて離れようとしたが、伯爵の顔を見ると羨《うらや》ましそうにしていた。そして生温《なまぬる》い表情の絵里とハビシャムの視線に気付いたのか、軽く咳払《せきばら》いをする。

「ん！　んん！　フォントルロイ。そろそろ自室へ戻りなさい」

「はい、お爺さま。エリー、僕の部屋へ案内して欲しいな」

「畏まりました、セディ様。では、旦那様、後ほどセディ様とご昼食でよろしいでしょうか」

「ああ、構わない。フォントルロイが望むなら時間を調整しよう」

満足げな表情を浮かべているドリンコート伯爵を見て、セディとの会談は大成功だったのだと分かり、絵里は安堵のため息を吐いた。

そして書斎を辞し、セディを自室へと案内する。

「ここがセディ様のお部屋になります」

「もう！　ここが僕の部屋なら、いつもの話し方をしてよ。約束だよエリー」

事前に聞いていた部屋へ案内すると、中の探検前に絵里の口調をセディが咎《とが》める。

だが、側にはハビシャムもおり、公私の区別を付ける物だと言おうとした。

「ああ、私の事なら気にしなくていい。ここではアメリカのセディとエリーで構わない」

「ほら！　ハビシャムさんも言ってるだろう」

なぜか勝ち誇った顔になっているセディに、こんな表情も出来るのね、と身悶《みもだ》えしながら、絵里は頬を染めていた。

そんな絵里に、ハビシャムが思いがけないことを言う。

「それと、エリーにはここに住んでもらい、フォントルロイ卿の身の回りの世話を常にしてもらうこととなる」

「え？　私にも個室があるのですか」

「ああ、今すぐとはいかないが、伯爵よりそう命じられている」

キョトンとした顔になる絵里にハビシャムが頷く。どうやら、セディの隣部屋を改修して専属メイドの部屋にするそうだ。てっきり使用人部屋で共同生活が始まると思っていた絵里だったが、当の本人より喜んだのはセディだ。

「絵里が隣の部屋にいるなんて素敵だね。寝る直前までお喋《しゃべ》りが出来るね」

「え、寝る直前までって、絶対セディが先に寝るじゃない。ということは、その後はセディの寝顔を見放題⁉　どれだけ課金したら、そのオプションが実行されるの」

絵里に抱き着き、全身で喜びを表現しているセディ。そして絵里は不穏《ふおん》な発言をしていた。そんな二人の様子を見ながら、ハビシャムの目つきは孫を見るように和《なご》んでいた。


翌日、絵里は寝不足であった。有言実行とばかりにセディが寝室にやって来たのだ。改修中とはいえ、ベッドだけは用意されており、着替え終わって寝ようとしていた絵里は驚きのあまり声を出した。

思わず注意しようとしたが、母親と別れたばかりで寂《さび》しそうにしている姿を見ると、母性本能が全力で刺激され、一緒に寝る事にした。安堵した表情ですぐに寝入ったセディだが、絵里はそれどころではない。

天使の寝顔を見なければと、意識を振り絞って耐《た》えられるだけ耐え切った。精神的には二徹《にてつ》でもいけるのだが、七歳の身体的には無理だったらしく、夜が明ける頃には力尽《つ》きてしまっていた。

そして翌日の夜明けと共に目を覚《さ》ます。

真っ先にセディの部屋を掃除し、他の使用人から朝の業務を聞いてこなし、朝食を用意して部屋へと戻る。寝ぼけまなこのセディに朝食を食べさせ、身支度《みじたく》を整えさせると伯爵の元へと向かう。

「なんだ。朝食を終わらせたのか」

「申し訳ありません。ただ、軽食にしておりますので問題ありません」

「ええ、そうですよ。お爺さま。まだ食べられます。一緒に食べたいです」

朝食を終えたとの報告にドリンコート伯爵の機嫌が悪くなるが、絵里とセディの言葉を聞き、口元を手で覆《おお》う。どうやら嬉しさのあまり、口元が緩んだのを隠したようだ。

「え？　こんなに可愛いのドリンコート伯爵って」

そう思わず呟《つぶや》くほど表情も態度も可愛らしかった。原作ではもうちょっとツンの時期が長かった気がするが、簡単に籠絡《ろうらく》され過ぎではないだろうか。それほどまでにこのセディの魅力《みりょく》が凄いということかもしれない。そんなデレのドリンコート伯爵も、絵里が枯《か》れ専だったら嵌《は》まっていたかもしれないレベルだ。

「ああ、そうだ。今日は牧師のモーダントがやってくる。そこにフォントルロイとエリーも同席するように」

食後の紅茶を飲みながら伯爵が告げる。絵里には懐《なつ》かしい人物名である。モーダントは重要人物である。ここでセディの評価が上がるのだ。

「モーダントさんはお爺さまとお話しに来られるのでは？」

首を傾《かし》げるセディにドリンコート伯爵が柔らかな笑みを向ける。二人が出会って二日目だが、すでに家族としての絆《きずな》が出来ているようで絵里は嬉しかった。原作とはかなり違っているが、それがどうした。

原作なんかより、セディがどれだけ幸せになれるかである。それ以外は求めない。その行動原理で絵里は動く。

「セディ様、モーダント様は旦那様へ領内の相談に来られるのです。後継者たるフォントルロイ卿のセディ様には、一緒に解決方法を考えて欲しいと思われているのかと」

口下手《くちべた》なドリンコート伯爵に代わり絵里が伝える。驚いたセディが伯爵に視線を向けるとぎこちない頷きが返ってきた。自分が信頼されていると思い、セディはドリンコート伯爵へ飛び付くと、頬にキスをしながら感謝を伝える。

「昨日会ったばかりなのに！」

「ああ、だが儂らは家族だろう。フォントルロイは気にせずにモーダントの話を聞いて思ったまま、やりたい事を伝えればいい」

優しくセディの頭を撫でながらドリンコート伯爵が伝える。そして、絵里にも声をかけた。

「エリー。お前も同席するように」

「畏まりました、旦那様」

それからしばらく雑談していると、モーダントがやって来たと連絡がきた。緊張した面持《おもも》ちで談話室へ向かうセディの可愛らしい姿に内心悶えながら絵里は後に続く。

「初めまして、モーダントさん。今日は僕も話を聞く事になりました。フォントルロイです。あ、でも気楽にセディと呼んでください」

突然、部屋に入ってきた少年にモーダントが驚く。溌剌《はつらつ》とした動きもそうだが、何より後に入ってきたドリンコート伯爵が優しげな目を向けていたのだ。この子はあの気難しい伯爵から寵愛《ちょうあい》を受けていると断言できた。

噂《うわさ》にはなっていた。息子全員が亡くなり意気消沈していた彼に、実は孫がいた。大嫌いなアメリカ人であっても、直系の孫なので仕方なく呼び寄せたとの事だ。さぞかし辛《つら》く当たられているだろう。

そう噂されていたのに、事実は逆である。こんな穏《おだ》やかなドリンコート伯爵を見た事などなかった。それほど影響を与えた、目の前の小公子にモーダントの興味は尽《つ》きないようだ。

「お近づきになれて嬉しく思います、フォントルロイ卿。私は牧師をしているモーダントと申します。今日はご相談があってやって参りました」

モーダントの挨拶を受けて、セディは満面の笑みを浮かべると握手を求める。その瞬間、彼はセディの事が大好きになった、と絵里は悟《さと》った。今まで、ドリンコート城へやって来て、ここまで楽しい気分になった事は無いはずだ。

いつも罵倒《ばとう》と冷笑。それに嫌味を言われる事しかなかったのだ。それでも、自分を頼って来る信徒達に懇願《こんがん》されると、断り切れず陳情に来るしかなかった。

――今日はいい答えをもらえるかもしれない。

そう思っているであろう、モーダントは勧《すす》められるままに、やって来た理由を述《の》べる。エッジ農場で働くヒギンス一家に不運が続いており、決められた税を納められない。なんとか猶予《ゆうよ》を頂けないかとの話だ。

「ふん。相変わらず小作人は最低だ」

「しかし、子供が猩紅熱《しょうこうねつ》に罹《かか》り、妻も具合が悪く、このまま農地を取り上げられれば大変な事になってしまいます」

「お決まりな言種《いいぐさ》だな」

話を聞いて最初にドリンコート伯爵が悪態を吐く。モーダントもなんとか実情を伝えようとするが、まるで取り合わないように鼻を鳴らす。

いつもならこの時点で心が折れて引き下がるのだが、今日のモーダントは希望を持っているようだった。先ほどからセディが一所懸命《けんめい》真剣な表情で話を聞いているのだ。

何度も頷きながら、チラチラと背後に居る少女――絵里へ視線を投げている。

彼女は何者なのだろうか、とっても考えているらしいモーダントに対して、苛立《いらだ》ちが最高になった伯爵が席を立とうとした。

「フォントルロイに任せようとしたが、意味はないな。会談は終わりだ。ご苦労、モーダント」

「お待ちください。二人の子供が猩紅熱で衰弱《すいじゃく》しております。医者にはぶどう酒や、栄養のある物を食べさせればいいと言われておりますが、そんな余力はありません。どうかご慈悲《じひ》を」

それを聞いて、セディがドリンコート伯爵へ近付いた。

「マイケルもそうだったんです」

「ほう！　そのマイケルと言うのは誰だね？」

セディの言葉にドリンコート伯爵はソファに座り直す。先ほどまでの厳しい顔が嘘《うそ》のように消え去っているのにも気付かず、セディの話を熱心に聞き始める。

「レンガ造り職人のマイケルはリウマチに罹り、どうしようもありませんでした。ですが、お爺さまがマイケルを助ける為にお金をくださったのです」

セディがイギリスへ来る際に必要な物を買う金をハビシャムに渡していた伯爵だが、マイケルを救う為に使ったと聞き、伯爵の顔色が変わる。

「セディ様は本当にお優しいですね。さすがは旦那様のお考えを実行出来るお方です」

無駄金を使ったと怒鳴《どな》りそうになっていた伯爵の耳に絵里の声が入る。

「そうなんだ。僕もお爺さまの考えを引き継いで立派な伯爵にならないと、とそう思っているんだ。病気が治ったマイケルは、元気になって街一番の職人として立派に働いていたよ。だから、そのヒギンスさんの子供の病気も、まずは治してあげられないかな」

　穏やかな様子から一瞬で怒りの表情に変わったドリンコート伯爵が再び落ち着いたのを見て、モーダントは安堵のため息を吐く。そして伯爵は少女に視線を向けて報告するように命じた。

「話せ」

「はい。マイケルさんの治療《ちりよう》で旦那様がご用意されたお金を使わせて頂きました。彼の治療中は収入が無くなりますので、私が子供達に内職を紹介したのです。マイケルさんが元気になるまでの間は、その収入で凌《しの》いでもらいました。それとは逆ですが、子供達も元気になって内職ができれば、収入は上がり、税を納められるようになるのではないでしょうか。流石は旦那様の血筋を受け継ぐセディ様です」

　一気に語った絵里の言葉にドリンコート伯爵は何度も頷きセディを見る。自信満々に胸を張っている孫の様子に、複雑な表情を向けながらモーダントへ視線を移した。

「フォントルロイに感謝するんだな。その小作人の税は猶予《ゆうよ》してやろう」

「あ、はい」

　モーダントは微《かす》かな希望を持っていたが、ここまでの話になるとは思っておらず感情が追いついていないようだ。そしてドリンコート伯爵は絵里に視線を戻す。

「儂は別件がある。後の事はお前に任せた。では、フォントルロイ。後はエリーと一緒にモーダントと話すがいい」

一方的に言い放ったドリンコート伯爵が踵を返して部屋から出ていった。固まったままのモーダントに、絵里が満面の笑みを向ける。

「では、モーダント様。これから書面を拵《こしら》えますので、少々お待ちください。セディ様。こちらの紙にヒギンス一家の税を猶予すると書いてください」

「もちろんだよ。でも、僕は難しい字はまだまだ書けないんだ。後で、エリーが確認してね」

そう言いながら、受け取った紙にセディがペンを走らせる。やっと硬直から解放されたモーダントが絵里に話しかけた。

「お嬢さん。貴方は一体……」

「失礼しました、モーダント様。セディ様の専属メイドのエリーと申します。今後の事についてはセディ様が責任を持って対応されますのでご安心くださいね」

絵里の所作にモーダントは感心していた。きっと、この子は伯爵が用意した特別なメイドだ。そう思うほど、絵里の態度と行動、セディへの忠誠心はずば抜けているように見えた。

セディが四苦八苦しながら書面を作っている間、モーダントと絵里は今後の対応を話し合う。この時代は抗生物質ペニシリンは発見されておらず使えない。濃厚接触を避け、手洗いうがいの徹底と、部屋を清潔にする、栄養のあるものを取るしかなかった。

それと感染力も高い猩紅熱だ。ヒギンス一家以外にも流行《はや》っている可能性が高い。なので周辺の調査もモーダントに依頼する。そして、教会での集会を外でするように伝えた。

「外で礼拝を行えと？」

「ええ。この一週間でいいのです。猩紅熱はうつりやすい病気です。一定の間隔《かんかく》を開けて座るようにしてください。その間に教会の修繕をすることにしましょう。これなら信徒の皆さんを外に案内もしやすいではないでしょうか」

「修繕までして頂けるなんて。フォントルロイ様のお慈悲に感謝を」

モーダントは涙を流しながら感謝を伝える。ヒンギス一家の相談にやって来たのに、周囲の者や教会の事までが一気に解決しそうである。フォントルロイ卿とエリーと名乗るメイドがドリンコートへやって来たのは神の思し召《おぼ》しであると、流れる涙を拭《ぬぐ》いもせずに祈り始めた。

「どう、これでいいと思うんだけど。あれ、モーダントさんが泣いているけど何かあったの？」

「いいえ。セディ様が一所懸命にお手紙を書いてくださったので、モーダント様が喜んでおられるだけですわ」

絵里の言葉を聞き、不思議そうにしていたセディの顔が満面の笑みに変わる。そして、セディはモーダントに近付くと、優しく抱きしめ頭を撫でた。

「モーダントさんが困ったら言ってください。だって、僕達は友達になったんだから」

「そんな、畏れ多いお言葉を。ですが、ありがとうございます。フォントルロイ様は神の御使《み》いだと確信しました」

「エリー。御使いってなに？」

軽く首を傾げながら確認をしてくるセディは本当に天使のように可愛らしく、絵里とモーダントは顔を見合わせ笑った。

その後、ヒンギス一家だけでなく、猩紅熱が流行っている地域への手厚いサポートが始まる。税の猶予や軽減、教会による炊《た》き出し、医師も派遣され、早々に流行は終息した。これが放置されていれば、ドリンコート領は大変なことになっていただろう。危機をうまく乗り越えられたことに、絵里はほっとする。

一方、その手際《てぎわ》の良さに人々はセディを「天使の御使い」と噂するようになる。

精力的に動いている絵里が企画者であると知る者は少ない。しかし、ドリンコート伯爵やハビシャム、モーダントにメロン夫人や使用人達。彼らは絵里の実力を知り、その評価を高めていった。

# 第五話　セディ、母との再会とちょっとした遠征

絵里《えり》とセディがドリンコート城に住むようになって二ヶ月が過ぎた。

様々なイベントが発生したが、セディがポニーに乗って落馬するイベントは、絵里がそのような状況を許す訳はなく全《すべ》て未然に防いだ。

そのお陰《かげ》で、セディは予想より早くポニーを乗りこなす事が出来る様になり、コートロッジへの遠征《えんせい》も出来る様になる。

「フォントルロイ、本当に大丈夫なのか」

まだアニーを認める事が出来ないドリンコート伯爵《はくしやく》が乗馬の技術不足を理由に訪問を止《や》めさせようとしたが、セディの技術は絵里のカリキュラムをこなした事で一人前になっており、伯爵は認めざるを得ない。

「旦那《だんな》様、ご安心ください。セディ様は旦那様の事を大好きですすよ」

「そんな心配はしておらん」

コートロッジへ行ってしまうと戻ってこないのではと心配しているのだが、それを正直に言えないドリンコート伯爵に絵里が伝える。伯爵は絵里が微笑《ほほえ》ましそうにしているのに気付き、少し顔を赤らめながらそっぽを向いた。

「お爺《じい》さま、大好きな人に会って来ますね。本当にお爺さまは一緒じゃなくていいのですか？」

「ああ、構わない。儂《わし》は膝《ひざ》が痛いからな。馬に乗れん」

孫の誘いを不機嫌《ふきげん》そうに断りながら、ドリンコート伯爵は城へと戻っていった。確かに足を引きずるように歩いており、セディは心配そうにしていた。だが、絵里は知っている。それはもう癖《くせ》になっているだけで、かなり快方に向かっていることを。

「セディ様、旦那様の具合を良くする方法がありますよ」

だが今はそれを使う時ではない。絵里は更《さら》に健康状態をよくさせるため、セディを使うことにすると、絵里の言葉にセディの顔が輝いた。道すがら対処法を絵里は説明する。食事療法《りようほう》で豆類を多く食べるようにお願いし、いっぱい話すことでストレス解消に努《つと》める。そういった事を伝えるとセディはやる気になっているようであった。

「じゃあ、城に戻ったら、お爺さまとたくさんお話をしないとね。それとお城の外に出たよ、エリー」

「もう。慣れてくれてもいいじゃない」

「城ではエリーとの約束を守っているんだよ。今はいつものエリーでいてよ」

敬語で話す絵里にセディが頰《ほお》を膨《ふく》らませる。そんな可愛《かわい》らしい姿に悶絶《もんぜつ》しそうになりながら、絵里とセディはコートロッジへ向かっていた。お守《も》りとして一緒に付いて来ているメイド長のメロン夫人も二人のやり取りを微笑ましそうに見ていた。

「大好きな人！」

「セディ！」

コートロッジに到着すると、先触れが出ていたのでアニーが玄関先で待っていた。その瞳《ひとみ》には涙が浮かんでおり、一目散に駆け寄ると抱き付いて何度もキスの雨を降らす。後ろに控《ひか》えていたアメリカからのメイド・メアリも涙ぐんでいるようだ。

「くすぐったいよ、大好きな人。今日は一日一緒に居ていいとお爺さまが言ったんだよ」

「まあ、そうなのね」

陰から二人の仲睦《なかむつ》まじい様子を眺《なが》めている絵里。そしてなぜかそれに付き合わされているメロン夫人。

「なぜ、私まで」

「しっ！　静かにしてください。気づかれるじゃないですか」

メロン夫人の呟《つぶや》きに絵里が叱責《しっせき》する。その目は爛々《らんらん》と輝いており、この瞬間を一瞬でも見逃してなるものかとの情熱を感じた。

「ところで、エリーは何をしているのかしら」

「ほら、メロン夫人のせいで見つかったじゃないですか」

「私⁉」

セディとのスキンシップが終わったアニーが隠れている絵里に声を掛ける。ずっと二人の幸せな時間を眺め続ける予定だったのに。そう、絵里はメロン夫人を責める。

とばっちりのメロン夫人だったが、アニーとは初対面なので挨拶《あいさつ》をする。

「初めまして、エロル夫人」

「初めまして、メロン夫人。いつもセディがお世話になっております」

決して優雅《ゆうが》ではないが、優しい眼差《まなざ》しで挨拶をするアニーを、メロン夫人は好ましいと感じたらしい。嬉《うれ》しそうな顔で誇らしげにセディが城でどのような事をしているのかと、詳細に話している。

息子だけでなく、メロン夫人からも話を聞きながら、アニーは楽しそうにしていた。

「あの、アニーさん。そろそろいいですか。セディのお世話が出来ない」

「いいのよ。今日はコートロッジに泊まるのでしょ。だったら、前のエリーに戻って、セディと楽しい時間を過ごしてちょうだい」

その言葉にセディが盛り上がる。メロン夫人も城内では凜《りん》とした仕事振りを発揮する絵里の普段の様子が知りたいようで、楽しそうにしていた。絵里とセディは歓迎の宴《うたげ》で、豪華ではないが愛情のこもった料理に舌鼓《したつづみ》を打つのだった。


「もう、本当に昨日は恥ずかしかったわ」

「そうかな。僕は楽しかったよ。ねえ、メロン夫人」

「ええ、そうですね。まさかエリーにもそんな時代があったなんてね。お城では私達もタジタジになるほどの辣腕《らつわん》を奮っていますからね」

「いやあ、エリーの辣腕ぶりったら、私でも驚くほどでね」

翌日の朝食の席で、なぜか昨夜の宴の後の談話室で過去に絵里がやらかした話の暴露大会になったことを思い出す。商売を巡って対立した商人を泣くまで追い詰めた話は大いに盛り上がった。その場から早々に絵里は逃げ出したかったのだが、セディがしがみついて離さないので、嬉しさと羞恥《しゅうち》に耐《た》えるしかなかった。

「メロン夫人が、あんなに笑い上戸《じょうご》だとは思いませんでしたよ」

「ふふっ。私もエリーがそんなお転婆《てんば》だとは思いませんでしたよ。完全な淑女《しゅくじょ》だと思ってましたから」

頬を膨らませながら文句を言ってきた絵里に、メロン夫人がすまし顔で答える。思わぬ反撃に言葉に詰まった絵里に、アニーとメロン夫人が楽しそうに笑う。

形勢が悪いと感じた絵里は、セディに向かって話を変えた。

「ねえ、教会に行かない」

「モーダントさんに会いに行くの？」

「そんなところかな」

改修を約束したモーダント牧師の教会だが、原作のイベントからするとそれだけでは駄目で、セディと伯爵が訪れ、街の人たちに伯爵のことを見直してもらう必要があると絵里は考えていたのだ。

そのため、優雅な朝を終えると、名残惜《なごりお》しいがコートロッジを後にすることにした。

ポニーがゆっくりと進みだす。何度も振り返りながら母親へ手を振る姿は年相応であり、絵里は少しでも早くイベントを進めて、伯爵にエロル夫人アニーの素晴らしさを知ってもらい、彼女も城に住めるようにしないと、と改めて誓《ちか》った。

「思った以上にひどいかも。これで改修が終わってるんだよね」

「ここが教会なの？」

メロン夫人は一足先に城へ戻っており、セディと絵里、それと護衛を兼《か》ねた騎士が一人同行していた。原作通りだと、ドリンコート伯爵は、教会が老朽化《ろうきゆう》している状況を知らない。

そして、今現在実は教会に来てもらえる程度には痛風は改善している。城での食事に野菜や乳製品を提供するようにしており、豆乳も絵里が自作している。さらに気付かれない範囲でアルコール量を減らし、水分摂取《せっしゅ》を増やしてもらっている。

その甲斐《かい》もあり、ドリンコート伯爵の健康状態は徐々に良くなっており、癇癪《かんしゃく》の原因である、痛みから解放されつつあった。今なら、伯爵が馬に乗って教会を訪れるシーンを再現できる。そう絵里は考えていた。

「セディ、これは旦那様に見てもらった方がいいと思わない」

「でも、こんなに壊れている教会を見たらお爺さまが悲しまないかな？　もっと僕が先にできることもあるかもしれない」

ドリンコート伯爵の心配を真っ先にするセディに絵里は胸を打たれる。このまま育って欲しい。そのためならどんな事でもする。そう思いながら、悶絶していると咳払《せきばら》いが聞こえてきた。

「あ、モーダント様。ご無沙汰《ぶさた》しております」

「モーダントさん、今日は遊びに来ました」

「視察ですよ、セディ様」

絵里が悶絶している間に、セディは絵里を抱きしめて楽しそうにしていた。成年した大人ならバカップルなのだが、お互いの年齢は七歳であり、微笑ましい光景でしかない。

モーダントとしても、可愛らしい少年と少女を眺めるのは目の保養になるのだが、次期伯爵であるフォントルロイ卿《きょう》が視察に来たのだ。当の本人は遊び感覚かもしれないが、それでもモーダントにとっては渡りに船だった。

「フォントルロイ卿。今日はお越しくださりありがとうございます。教会がみすぼらしくて驚かれましたか」

「ええっと……でも」

正直に言っていいものか困っているセディに、絵里が苦笑する。

「そうだ、エリー。どうしたらいいかな。エリーなら素晴らしいアイデアがあるよね」

全幅《ぜんぷく》の信頼を寄せている笑顔を向けられ、絵里のテンションが上がる。もちろん、案は複数用意している。それでもその中で、ドリンコート伯爵に見てもらうのが一番だと思っており、それをセディに伝える。

「先程も申し上げましたが、ここまでひどい状況だとは旦那様もご存知《ぞんじ》ないはずです。ですからセディ様が、この状況を教えて差し上げるのがよろしいかと」

「そうだね！　お爺さまが知っていたら、放《ほう》っておかないよね。モーダントさん。今度、お爺さまと一緒にやって来ますね」

セディの言葉にモーダントは感激のあまり涙を浮かべていた。フォントルロイ卿がドリンコートへやって来てから、全てが上手《うま》くいき始めている。

十字を切って祈り始めたモーダントに、セディも見習って祈り始めた。

「天使が祈りを捧《ささ》げているわ。写真機を買って保存したいわね」

そんな事を呟きながら、絵里はドリンコート伯爵への説明内容を考え始めていた。

「お爺さま。ただいま戻りました。それで、大好きな人とも会えました」

「ああ、そうか。楽しかったようで何よりだ」

セディがドリンコート伯爵に抱きつきながら挨拶をする。アメリカ式の挨拶にも慣れたもので、抱きしめ返しながら、伯爵の頬は緩んでいた。城へ戻って来てくれた。その一点だけで機嫌が良くなるのだろう。

「大好きな人と別れてから、教会にも行って来たんです。でも、かなりひどい状況で」

それまで笑顔だったセディの顔が曇《くも》る。何かモーダントが粗相《そそう》をしたのかと、怒りの表情を浮かべるドリンコート伯爵。

「旦那様。失礼ながら説明させて頂いてもよろしいでしょうか。セディ様が何を見て感じられたのか」

「よかろう」

鷹揚《おうよう》に頷いたドリンコート伯爵に絵里は教会が老朽化しており、先日の修繕《しゅうぜん》ではとてもではないが直るものではない事を報告する。

「教会に関しては旦那様が改修を命じてくださいましたが、それだけではどうしても足《た》りません」

「なぜ、そうなるまで放置していたのだ！」

栄光あるドリンコート領の教会が老朽化しているとは伯爵には信じられなかった。誰かが仕事を放棄《ほうき》しているとしか考えられない。きっと、モーダントが補助金を横領《おうりょう》していると決めつけそうな勢いだった。

「お待ちください。セディ様どうぞ」

「お爺さま、モーダントさんは一所懸命《けんめい》に牧師としての仕事はしています。どうか彼を責めないでください」

「では、どうすればいいのだ」

セディに言われ、さすがのドリンコート伯爵の怒りも不完全燃焼になる。そんな様子にセディは真剣な表情で伯爵の手を取った。

「明日、僕と一緒に教会に行ってくれませんか」

「儂《わし》が？　このドリンコート伯爵が小作人が集まる場所へ自ら足を運ぶのか？」

提案に困惑した表情を浮かべながら、愛する孫を眺める。そして、視線を絵里に向けた。お前の差金《さしがね》か。そう言いたげなドリンコート伯爵の無言の問いかけに、軽くかぶりを振って否定すると、「セディ様のお考えです」と伝える。

もちろん嘘《うそ》である。だが完全に嘘だとは言えない。セディは本心から教会の事を心配しており、それを祖父であるドリンコート伯爵ならなんとかしてくれると信じているのだ。絵里は、そうセディが思うように少し意識を向けさせただけである。

「それにお爺さまと一緒に馬で遠出がしたいです」

教会の事も心配だが、一緒に遠出がしたいと純粋《じゅんすい》な眼差《まなざ》しを向けられた伯爵は完敗したように苦笑すると、明日の昼から教会に向かう事を了承した。

「よかろう。最近は痛風の痛みも落ち着いておる。エリー、厩舎《きゅうしゃ》へ行くように」

「もう、すでに連絡済みです、旦那様。鞍《くら》も手入れ済みで、いつでも出られるようになっております」

「ふん、相変わらず聡《さと》いな。やはり、お前の差金だろう」

ドリンコート伯爵は再び苦笑を浮かべながら絵里を軽く睨《にら》みつける。絵里は恭《うやうや》しく頭を下げた。

「久しぶりに馬に乗った気がするな」

手綱《たづな》を握りながら、どこか懐《なつ》かしそうな顔でドリンコート伯爵が呟く。痛風に悩まされるようになってから、乗馬とは疎遠《そえん》になっていたのだ。絵里の地道な努力の結果、ドリンコート伯爵は健康になっており、最近は痛みもなくなっていた。

「お爺さま、出発しましょう」

ポニーに乗ったセディが堂々とした佇《たたず》まいで声を掛ける。その姿を見てドリンコート伯爵のプライドが大いに刺激される。ここまで小公子が似合う子がいるだろうか。

——自分の血を引いているセディを周囲の者に見せつけたい。

どうも伯爵は最近そう思っているようだった。実際、城ではセディとエリーを連れて歩く事が多くなり、使用人達がセディを見て、誇らしげにしているのも伯爵の気分を楽しいものにしていた。

「ふふ。お前にも苦手なものがあったのだな」

そして、さらに機嫌がいいのは騎士と一緒に馬に乗っている絵里が顔面蒼白《そうはく》で怖がっている様子を見ているからだろう。コートロッジと教会へはセディだけがポニーで、絵里は馬車を使用していた。初めての乗馬に、なんでも出来るかのような目の前の少女が身体《からだ》をこわばらせながら、必死の形相《ぎょうそう》で馬にしがみついているのは確かに愉快《ゆかい》な光景に違いない。

「もう、本当ならエリーは僕が連れていきたかったのに」

「そう言ってやるな。フォントルロイのポニーでは二人乗りは出来ん。早く大きくなって、馬に乗れるようにしてからにしなさい。では、そろそろ出発しようか」

セディとドリンコート伯爵が楽しそうに話しているが、絵里はそれどころではない。乗馬は簡単に出来ると思っていたが、想像以上に高いのだ。もしここから落ちれば、怪我《けが》で済めばラッキーというほどの高さである。

「エリー様。しっかりと捕まってください。絶対にお怪我はさせませんのでご安心を」

自分を運んでくれる騎士の言葉すら耳に入ってこない。この騎士は昨日、護衛をしてくれた者であり、セディが気に入って専属騎士に任命していた。彼に取っては突然の栄達である。

自分を選んでくれたセディと、その主人が全幅の信頼を置いている専属メイドの絵里を命を賭《か》けて守ると誓っていた。

「あの、お気持ちは嬉しいのですが、馬車では駄目でしょうか……」

「エリー、伯爵が御《おん》自ら乗馬されるのに、メイドが馬車で移動できるはずがないでしょう」

「はあい……」

メイド長たるメロン夫人に言われた絵里は、諦《あきら》めて騎士に身を任せるしかなかった。

教会では、パニックになった住民達がいた。偏屈《へんくつ》で癇癪《かんしゃく》持ちの領主が、突然礼拝に参加するとの情報が流れたのである。いつものように炊《た》き出しを期待してやってきたのに酷《ひど》い罠《わな》だ。集まった者達は一斉に騒ぎ出した。

モーダントを見る住民達の視線に怨嗟《えんさ》がこもる。しかし、彼にすれば、いつ次のチャンスが来るかが分からない。教会だけでなく、これだけの信徒が集まっている、という姿も見てもらうことで、建て直しにも繋《つな》がるはずだ、と集まった信徒達に謝罪しながら待ってもらった。

しばらくすると絵里達一行が教会に到着する。

絵里は地面を踏《ふ》みしめながら、強張《こわば》っている身体をほぐし、小さく「私もポニーに乗れるようにならないと」と、呟いていた。

「騎士様。連れて来てくださりありがとうございました」

優しく降ろされ、慌てて感謝を伝える。爽《さわ》やかな笑顔で帰りはもっと寛《くつろ》いでくださいと言われ赤面していた絵里だが、周囲がこちらを恐る恐る見ている事に気付いた。

確かに小作人と呼ばれる者達からすれば、伯爵は天上人であり、自分達の生殺与奪《せいさつよだつ》の権を持っている恐ろしい人であろう。

「ここでセディを介してイメージを変えたいわね。セディ様！」

「どうかしたのエリー」

ドリンコート伯爵と話していたセディが、呼ばれた事に笑顔になって駆け寄ってきた。話途中で置いてけぼりにされたドリンコート伯爵は寂《さび》しそうな顔をしながら後に続いてやって来る。

「セディ様、旦那様を紹介してくれませんか」

自分達に視線が集まっていると理解したセディは、満面の笑みを浮かべると教会に集まっている群衆に向けて手を振って挨拶をする。

「今日はお爺さまと一緒に教会にやって来てます。ほら、お爺さま、こっちに」

強引にドリンコート伯爵の手を引っ張り、群衆の前へ連れてくると大きな声を出した。

「僕の隣《となり》に居るのが、ジョン＝アーサー＝モリニュー＝エロル。ドリンコート伯爵です！」

セディの説明を聞いて騒然としていた一同が一瞬で静まり返る。他領から悪魔伯爵と呼ばれるほど苛烈《かれつ》で気難しく、気に入らない事があると癇癪を起こすと噂《うわさ》の人物である。

だが、実際の彼を見て、聞いていた話と違うと誰もが思っていた。セディを見る目はどこまでも優しく、こちらへ向ける目は、どう接したらいいのか戸惑《とまど》っているようでもあった。

「そして、皆さんへ炊き出しや、お医者さんを呼んでくれたのはお爺さまなんです。

あと、この教会をご覧になってどう思われましたか、お爺さま。こんなに人が集まっているのに、こんなに古くっちゃあ、もったいなくありませんか？　ねえ、お爺さま」

「あ、ああ。そうだな。よし、この際建て直すとしよう！　フォントルロイの頼みであれば問題ない。すぐにニュイックに伝えて着手させる。あと、儂らの事は気にせずに、いつものように礼拝をすればいい」

セディの頭に手を乗せ、優しく撫でながらドリンコート伯爵が挨拶をする。それを聞いてさらに一同が驚く。悪魔伯爵どころか、慈悲《じひ》深い領主が目の前にいた。また、白馬に乗ってやって来た姿は威風堂々としており、蓄《たくわ》えられた髭《ひげ》は威厳に満ち溢れていた。

そして伯爵から告げられた内容は大歓声を持って迎えられる。それほどセディとの言葉と、ドリンコート伯爵のインパクトが大きかったのだ。

「うわぁ、皆、喜んでくれていますね、お爺さま」

「お前のお陰だ、フォントルロイ。それとエリー」

「はい、旦那様」

ドリンコート伯爵の度量の大きさ、セディの賢明さ。二人を讃《たた》える声は止む事なく、周囲を揺らす勢いで響き渡る。改めて忠誠を誓うと連呼している群衆を眺めながら、伯爵はセディと、なぜか絵里も抱きしめた。

「だ、旦那様⁉」

「どうしたの、お爺さま」

突然の抱擁《ほうよう》に驚く絵里と、不思議そうにするセディ。周囲の者達は伯爵が優しく抱きしめる光景を微笑ましそうに見ていた。

その後、教会は建て直しが行われ、竣工式《しゅんこうしき》が盛大に開催される事になる。周辺の領主を始めとする貴族も多数呼ばれており、絵里はこれが次のイベントであろうと心を新たにするのだった。

# 第六話　竣工式《しゅんこうしき》と華やかなパーティー

竣工式《しゅんこうしき》が間近に迫っており、絵里《えり》の忙しさに拍車《はくしゃ》がかかっていた。ドリンコート伯《はく》爵《しゃく》から言われた期限が半年後であったのである。教会は修繕《しゅうぜん》どころか建て直しになっており、かなりの石工を始めとした職人が集められていた。

それでもこの短期間で完成まで漕《こ》ぎ着けられたのは、転生前のデスマーチのお陰《かげ》で絵里の工数及び進捗《しんちょく》管理がしっかりしていたからであり、最初は七歳児と侮《あなど》っていた職人たちもドリンコート伯爵からの信頼の厚さを知り、その上でインセンティブも含めて報酬《ほうしゅう》に差を付けられると、俄然《がぜん》やる気となっていた。その結果が目の前にある。

「まさか、これほど早く完成させるとはな」

「旦那《だんな》様とセディ様が命じられた事業です。最善を尽《つ》くすのは、メイドとして当然です」

「儂《わし》の知っているメイドとは違うが、まあいいだろう」

報告書に目を通しながら、ドリンコート伯爵が苦笑する。苦笑しか出ないほど絵里の処理能力は高かった。

「セディ専属メイドに命じたのは正解だったな」

「旦那様のお召し抱えに感謝しております」

代名詞となっている完璧《かんぺき》なカーテシーを披露《ひろう》する絵里に、ドリンコート伯爵は鷹揚《おうよう》に頷《うなず》いた。半月後には教会の竣工式があり、すでに親族の貴族や教会関係者達がドリンコート城に集まり始めている。その采配《さいはい》も陰で絵里がしており、メロン夫人を始めとした使用人達が慌ただしく対応をしている。

そんな中、セディの母親アニーから手紙が届いた。最近は少しずつ関係が改善しており、ドリンコート伯爵の中で、アニーの評価が変わりつつある。まだ直接面談するには至っていないが、手紙のやり取りが始まっていた。

だが、内容を読んで顔を顰《しか》めたドリンコート伯爵が絵里に手紙を渡す。

「アニーからの手紙だ」

「拝見します」

目を通し伯爵と同じように顔を顰めた絵里が、原作の内容を思い出す。現状、ストーリー通りだとセディが苦労する事がある場合、絵里は大幅に修正していたが、これはまだ原作であったことだ。

そんな事を考えながら、原作で登場した地名が書かれている手紙に再び目を落とす。アールズ・コート地区と書かれていた。スラムと化しており、衛生状況も良くなく、それを気にして何度も足を運んでいるとの事であった。

「なんとか、アールズ・コート地区の皆さんを救って頂けませんでしょうか。と書かれておりますね、旦那様」

「ああ、儂の領地にスラム街が出来ているなど信じられん。破壊してしまおう」

久しぶりに冷酷《れいこく》な伯爵が復活したようで、絵里は少し身震いする。前世を合わせて生きてきたのは三十年に近いが、貴族の威圧には慣れそうもない。

「少々お待ちを。セディ様が悲しまれます。アニー様からお話を聞かれているかもしれません」

「くっ、そうだな。あれは母親を愛しているからな」

どうやら、コートロッジでアニーとどのような事を話したのかを、セディはドリンコート伯爵へ伝えているようである。話をしている際の孫の顔を思い出したのか伯爵が苦い顔をする。

しばらく考えていた伯爵だが、絵里を見ると大きく頷いた。

「旦那様。かしこまりました。私にお任せください」

「まだ、なにも言っておらん」

絵里の言葉にドリンコート伯爵が渋面《じゅうめん》を浮かべる。気持ちを読むのはありがたいが、あまりにも聡《さと》すぎるというところだろう。これで七歳だと言うのだから末恐ろしい。

「お前がセディに心からの忠誠を誓《ちか》ってくれているのを、これほど嬉《うれ》しく思った事はない」

「そう仰《おっしゃ》って頂けて光栄です。セディ様を立派な小公子にするのが、私の使命ですので」

そう言いながら、絵里の頭の中では、貴族を迎い入れるパーティーと並行して、アールズ・コート地区の再生計画が刻《きざ》まれたのであった。

「エリー。最近、僕と遊んでくれないね」

「ごめんね。ちょっと忙しくてさ。セディと一緒の時間を増やすために頑張っているんだよ」

竣工式が一週間後に迫っており、忙しさのピークは最高潮になっていた。そんな中、朝食の時間にセディが頬《ほお》を膨《ふく》らませている。絵里は気合いで食事の際はセディと一緒に居るようにしているのだが、それ以外の時間は全《すべ》て業務に注いでいた。

セディにすれば、せっかくイギリスまで一緒に付いてきてくれた絵里と一緒の時間を過ごしたい。だが、祖父であるドリンコート伯爵の手伝いは邪魔したくない。アールズ・コート地区再生の陰の責任者になっており、大好きな人であるアニーも喜んでくれている。

様々な感情が入り乱れて、その結果、頬を膨らませて拗《す》ねるしか出来ない。

絵里はくすくすと笑うと、膨らんでいる頬を突いた。

「じゃあ、今日は一緒に遊んであげる」

「本当⁉」

先ほどまでの不機嫌《ふきげん》が嘘《うそ》のように吹き飛び、後光が差したような笑みを浮かべて喜んでいるセディに、絵里の心が歓喜に震える。

「いつでもセディは最高だわ。後の作業はメロン夫人とモーダントさんに任せてしまいましょう」

セディが自分と遊びたいと言っていると伝えれば、誰《だれ》も断れない。それはハビシャムでもあっても、ドリンコート伯爵であろうと同じだ。絵里をイギリスへ連れてきた張本人のハビシャムだが、その慧眼《けいがん》を評価され、今では顧問《こもん》弁護士だけでなく、領内の監察官としての役割も与えられていた。

「ハビシャムさんも出世したわね」

「そう言えば、ハビシャムさんがエリーと話がしたいと言っていたよ」

「あら、なにかしら。また、領内でトラブルでも発生したのかな」

ぼそっと呟《つぶや》いた絵里の言葉にセディが反応する。最近は忙しく、お互いに会う機会がないのだが、向こうは何か用事があるようだ。絵里は脳内のメモに「ハビシャムさんに手紙を書く」と記載して貼《は》り付けた。

朝食も終わり、絵里はセディと一緒に城内探検をし、コートロッジへ足を運ぶ。久々のセディとの時間を満喫《まんきつ》しながら、ふと、絵里は物語の結末へ思いを馳《は》せた。

――原作通りなら、この後あれがあってから、エンディングよね。

エンディングを迎えた時、この生まれ変わりは、この物語はどうなるのだろう。絵里の役目は終わり、本当の七歳児としてのエリーが幸せになればいいのだけれど。

愛するセディを存分に味わいながら、絵里は己の行く末に漠然《ばくぜん》とした思いを抱くのであった。

「ついに本番ね」

ドリンコート城のホールは豪華な食事が並んでおり、楽団の準備も整っていた。前日から豪華な馬車が次々と到着しているが、事前にリハーサルを繰り返したお陰でトラブルも生じず滞《とどこお》りなく進んでいる。それについては使用人達が一番安堵《あんど》していた。ドリンコート伯爵が痛風になって以降、数十年に渡ってパーティーなど開かれていなかったのだ。

パーティーが開始され、ドリンコート伯爵が機嫌よく挨拶《あいさつ》をしている。それを貴族達や、教会関係者が戸惑《とまど》いながら聞いていた。直近でやって来た者達は、目の前の人物は自分が知っているドリンコート伯爵と同一人物なのだろかと何度も確認しており、すでに何泊もしている者達は彼は変わったと確信するに至っていた。

困惑や納得など様々な空気が流れているのだが、ドリンコート伯爵は気にする事なく話し続ける。

「竣工式は教会で行うが、明日の礼拝の参加は自由としておるから好きにするがいい。また、この後のパーティーだが、フォントルロイと仲良くしてやってくれ。この子はアメリカから来て日が浅い。貴族の風習も勉強中だ」

あえて先に礼儀を勉強中と周囲に伝える事で予防線を張っている。そんなことからも、伯爵がセディを思う気持ちが客達に伝わった。

「まあ、天使のようなセディに絡《から》む人がいたら、その人は悪魔で悪者決定だから即断罪ね」

絵里は油断なく周囲を見渡しながら呟いていた。ただ、彼女の心配は杞憂《きゆう》だったようで、ドリンコート領へやってきたフォントルロイ卿は関心を集めており、あっさりと取り囲まれていた。

最初は背後に控《ひか》えていたのだが、誰もがセディに好意的であり、ドリンコート伯爵と普段どのような話をしているのか、アメリカので生活はどうであったのかなど、セディにも答えやすい質問をしてくれていた。

「まあ、フォントルロイ卿がりんご売りのお婆様《ばあ》を助けてあげたのですか？」

「ええ、僕だけの力ではありませんが、エリーと一緒に頑張りました」

「船のお話を聞かせてくれないだろうか」

「渡英の時に出会ったジェリーの話ですね。ええ、もちろんです。彼の冒険譚《たん》は僕も信じられない話が多いですからね」

セディの勿体《もったい》ぶった言い方に周囲から笑いが起こる。なぜ笑われているのか分からなかったが、感心した表情や拍手までしてもらえる事に気を良くしたセディは次々と話し続けるのだった。

あの様子なら大丈夫そうね。飲み物を用意しましょうと席を離れた絵里だが、一角だけ空間に空きがあるのに気付いた。テーブルがあるのに不自然なほど誰も近付いていない。何かあったのかと原因のある方視線を向けると納得した表情になった。

犬猿の仲である、ドリンコート伯爵の実の妹コンスタンシア＝ロリデイルが、伯爵と話しているのが見えた。彼女は他の親族のように前泊して交流を深めることもなく、パーティー直前にやってくるほど、ドリンコート伯爵との関係は最悪であった。

「あら、お兄様。今日は癇癪《かんしゃく》を起こして暴れられないのかしら」

「ふん。もう酔っ払っているのか。それなら使用人に伝えて部屋へ案内させよう」

「数十年振りにドリンコート城へやって来た妹に冷たい反応だこと。そんなだから家族が離れていくのよ。何よ、昔みたいにグラスを投げつけなさいよ」

一方的にコンスタンシアが口撃しており、それをしかめ面《つら》で辟易《へきえき》しながらドリンコート伯爵が流しているようであった。その様子を見た絵里は、近くに居た使用人からお酒が乗ったトレイを受け取ると足を向ける。

「旦那様、レディ・ロリデイル様。飲み物がなくなっているのではありませんか」

「メイドごときが貴族の会話に割り込むなんて、お兄様の教育を疑いますわ」

「気が利《き》くなエリー。丁度、お前を呼ぼうとしていたところだ」

反応が真っ二つに分かれた。これ幸いとドリンコート伯爵のミスを指摘しようとしたコンスタンシアと、安堵《あんど》のため息を吐《つ》きながら絵里へ感謝を述《の》べるドリンコート伯爵。

驚いたのはコンスタンシアだ。まさか貴族として当然のように、傲慢《ごうまん》な態度で使用人へ接していた兄が、目の前のメイドに気遣いを示したのだ。しかも、名前を覚えており、信頼している様子さえ見える。

彼女が久しぶりに会う兄へ辛《つら》く当たったのは、噂《うわさ》を確かめるためであった。あの兄が、悪魔伯爵と呼ばれたドリンコート伯爵が、そんな短期間で変わるなんて、更生《こうせい》するなんてありえない。私が性根を暴いてやる。

そのような気持ちを持ってドリンコート城へやって来たのだろう。

なので、全く怒りを表さない兄の様子に、逆にコンスタンシアの方がヒートアップしていた。そこに絵里が登場したのである。最初は無礼なメイドを叱責《しっせき》しようとしたのだが、兄の様子を見ると気が変わったようだ。

「あら、飲み物を用意してくれたのね。あの兄のメイドにしては気が利くじゃない」

「ありがとうございます。レディ・ロリデイル様。お褒《ほ》めに与り光栄です」

飲み物を二人に渡し、微笑《ほほえ》む。その所作にコンスタンシアが驚きの表情を浮かべる。

ドリンコート伯爵はニヤニヤしながら渡されたリンゴジュースを飲んで、顔を顰めた。

「エリー、なぜワインを持ってこん」

「あら、旦那様。今日は乾杯だけとのお約束でしたよね？」

澄《す》まし顔で答える絵里に、ドリンコート伯爵が苦笑する。自分の痛風がアルコールの摂《と》りすぎのせいだと絵里に指摘され、摂取量の調整をされたのだ。

そんな絵里とドリンコート伯爵の姿にコンスタンシアが大爆笑する。

「あははは。可笑《おか》しい。あのお兄様が、こんな子供に言い負かされるところが見れるなんて。貴方《あなた》の名前を教えなさいな」

「エリーと申します。フォントルロイ卿《きょう》の専属メイドを務《つと》めさせて頂いております」

「あら、そうなの。じゃあ、連れて帰るなんて出来ないわね」

「当たり前だ。フォントルロイが寂《さび》しがる」

優雅《ゆうが》に名乗った絵里に、コンスタンシアが感心した表情を浮かべ、とんでも無い事を言い出した。本当に持ち帰りそうな妹の様子に、ドリンコート伯爵が慌てて止めに入る。

「過分なご評価、身に余る光栄です。ですが、私はフォントルロイ卿セディ様の為《ため》に生涯《しょうがい》を捧《ささ》げますので、お言葉だけ頂戴《ちょうだい》します」

「あらあら。こんな忠誠心に溢《あふ》れる者が今の時代にもいるなんてね。お兄様、フォントルロイごと一緒に連れて帰ってもいいかしら」

「それこそ、駄目に決まっているだろう。フォントルロイは僕の全てだ」

今度こそ、心の底から驚く。まさか兄が、ここまで言うとは思わなかったのだ。満足げに頷いている絵里の様子を見て、何かを納得した様子のコンスタンシアが話しかけた。

「エリー、私にフォントルロイを紹介してくださるかしら」

「もちろんです。レディ・ロリデイル様」

「うーん。他人行儀ね。フォントルロイをセディと呼ぶわ。貴方も私の事を名で呼ぶ事を許します」

絵里は驚く。ここまで自分を買ってくれるとは。貴族が名を呼んでいいと許可するのは、よほど親しい間柄《あいだがら》に限られる。一介のメイドに許されるものではなかった。

「身に余る光栄を再びありがとうございます。コンスタンシア様」

「ふふっ、何か役立つかもしれないわ。存分に使いなさいな。それではモリニュー兄様。少しエリーをお借りしますね」

妹の言葉にドリンコート伯爵の眉《まゆ》が少し上がる。モリニュー呼びをされたのは彼女

が幼かった頃《ころ》だ。少しむず痒《がゆ》い気持ちになりながら、ドリンコート伯爵は手元に残っ

ていたリンゴジュースを一気に飲み干《ほ》した。

「エリー!」

コンスタンシアをセディの元へ案内すると、会話の輪の中心にいたセディが気付き

大声を上げる。そして、とんでもない紹介をされてしまう。

「皆さん、彼女がエリーです。大好きな人と同じくらいに、僕は彼女の事が大好きな

んです」

「あらあら。愛されているわねエリー」

公衆の面前で大声で大好きだと言われた絵里は全身を真っ赤にしていた。なんなら

その場で蹲《うずくま》って幸せを噛《か》み締めた後に、恥ずかしさと嬉しさで転げ回りたいほどであ

る。

そして、赤面している絵里を揶揄《からか》うようにコンスタンシアが笑う。周囲に集まって

いた者達がセディと話せるように道を譲《ゆず》る。コンスタンシア＝ロリデイルがドリンコ

ート伯爵の妹だと知らない者は、この場には居なかった。

「セディ様、このような場であまりそういった事は」

「どうして？　僕はエリーが大好きなんだよ。ひょっとして僕の事が嫌いになったの？」

　赤面が収まっていないのに抱き着かれ、絵里が少しパニックになりながらセディを離そうとする。これ以上はセディ成分の過剰供給で鼻血を出して倒れそうだ。

　乙女心《おとめごころ》を出した絵里だが、セディには通じなかった。拒絶されたと思い、悲しそうになる。絵里は慌てる。泣かせるつもりなんてないのだ。

「嫌いになったのかな」

「そんな訳はありません。セディ様の事を生涯支えていくと話しているじゃないですか」

「よかった。ずっと一緒にいられるんだね」

「愛の囁《ささや》き合いなら個室を用意するわよ。でも、その前に可愛《かわい》い甥《おい》っ子を紹介して頂戴な、エリー」

「はい、コンスタンシア様」

　二人のやり取りとセディの言葉を結びつけ、目の前にいるメイドが「エリー」と呼ばれていた者だと知り、興味を掻《か》き立てられる。あの、ドリンコート伯爵が信頼し、フォントルロイ卿であるセディが大好きだと公言し、さらには伯爵の妹であるコンスタンシアまで親しげにしているのだ。

彼女は何者であろうか。そんな視線を向けられながら、絵里はセディをコンスタンシアの前へ連れていく。

「この方はコンスタンシア＝ロリデイル様です。セディ様の大叔母《おおおば》様になります」

「初めまして、フォントルロイ。いや、セディと呼びましょうね。お父様に似ていい男になりそうね」

握手をしてくるセディを抱き寄せると、その頬にキスをして親愛を示しながら優しく撫《な》でる。ドリンコート城へやって来て、初めて父親の話が聞けた。今までは、セディが思い出して悲しむと気を使い、誰も父親の話をしなかったのだ。

「お父様をご存知《ぞんじ》なんですか！　お父様に似ているなんて、嬉しいです。お父様みたいに大好きな人を守れる伯爵になれるでしょうか」

「ええ、もちろん。貴方の母親だけでなく、大好きなエリーも守れるわよ」

「はい！　そうなれるように頑張ります」

二人の会話で自分の名前が出され、再び赤面する絵里。周囲の者達はメイド姿の少女がいったい何者なのか、更に疑惑の目を向けるのだった。

しばらく楽しそうにセディと話していたコンスタンシアだが、夫であるサー＝ハリー＝ロリデイルと共にセディと絵里に挨拶をすると名残惜しそうに別のグループの元へ移動した。こういったパーティーでは同じ人とだけ時間を過ごすのではなく、情報を収集したりコネクションを作るために、様々なグループに足を運ばないといけない。

「また、ゆっくりと話しましょう。今度はセディのお母様と一緒ね」

コンスタンシアを見送ったセディが少し寂しそうな顔をしていたが、気を取り直したのか、話しかけられた男性と雑談を始める。誰もがセディと話したがった。

そして宴《えん》もたけなわになり、盛り上がっていた会場も徐々に落ち着いてくる。そんな中、絵里達の元へ一人の美女が声を掛けてきた。

「初めまして、フォントルロイ様。今日はお招き頂きありがとうございます」

「わあ、なんて綺麗《きれい》な方なんだろう」

思わず、そうセディが口に出すほど、目の前の女性は絶世の美女と言えた。すらりとした長身の、まさに貴婦人との名称は彼女のために用意されたと言っても過言でない女性である。柔らかな金髪に、大きな菫《すみれ》色の瞳《ひとみ》。頬と唇《くちびる》はバラのように色鮮やかであった。

美しい白のドレスを身に纏《まと》い、パールのネックスレスが燦々《さんさん》と輝いていた。そして美女の周りには男性達が群がっており、彼女をうっとりと眺めている。

「出たわね」

やってきた美女に絵里が小さく呟く。目の前にいる美女はヴィヴィアン＝ハーバード。原作でセディを虜《とりこ》にする美女である。挨拶を受けて、セディは楽しそうにしていた。大はしゃぎと言ってもおかしくない。

胸にかすかな痛みが走って絵里が顔を顰める。どうやら、目の前にいる美女に嫉妬《しっと》しているようだ。しかし、セディが喜んでいるなら、それはいい事だ。そう自分に言い聞かせながらメイドとしての仕事をこなす。

「あら、フォントルロイ様。彼女の事を紹介してくれないのですか？」

セディの周りに集まっている来賓《らいひん》に飲み物を提供していた絵里を指差し、ヴィヴィアンが首を傾《かし》げた。そんな仕草も儚《はかな》く見え、周りの男性達がだらしなく頰を緩める。

「まだ、紹介していませんでしたね。彼女は僕の大好きな人です。貴方も綺麗な方だと思いますがエリーは別です。彼女を世界で二番目に愛しています」

「あら、では一番は誰なのかしら」

ヴィヴィアンは自信満々に問い掛ける。そして、絵里を見るとにこやかに笑いかけた。そう、まるで私の方が一番なのよ。そう、断言しているようであった。

そんな状況に気付かず、セディは満面の笑みを浮かべた。

「もちろん、お母様です。彼女の美しさは世界で一番ですから」

胸を張って教えたのに、周囲の空気が固まった事にセディが首を傾げる。呆気《あっけ》に取られたのは絵里とヴィヴィアンである。二人は顔を見合わせ、しばらく無言が続いていたが、どちらからともなく苦笑を浮かべると笑い出した。

「そうでしたね、セディ様。アニー様が本当に大好きな人でしたね」

「エリーの事も大好きだよ！」

絵里の言葉に周囲の男性達が大笑いする。ヴィヴィアンは絵里をしばらく睨《にら》んでいたが、呆《あき》れたようにため息を吐くと、セディを抱き寄せた。

「フォントルロイ様には私の魅力が通じなかったようで残念です」

「本当に綺麗だと思っていますよ！」

「あら、ありがとうございます。まだチャンスはありそうですわね。でも、今日のところはこれで失礼しますわ、フォントルロイ様」

セディの言葉にヴィヴィアンは苦笑すると、額にキスをして別れを告《つ》げる。綺麗だと伝えたのに、なぜ残念そうな顔をしているのかと不思議そうな顔をするセディ。そしてヴィヴィアンは絵里に近付くと、扇子《せんす》を広げて小さく呟いた。

「残念ですわ。フォントルロイ様を籠絡《ろうらく》しようとしましたのに」

「それは残念です。ミスハーバード様」

「あら、私の事はヴィヴィアンと呼んでいいわよ、恋敵《こいがたき》さん。今日は引きますが、次は負けませんわ」

驚く絵里にヴィヴィアンは艶《あで》やかな笑みを向けると去っていった。

「ねえ、ヴィヴィアンさんを怒らせちゃったのかな。謝りに行った方がいいかな、エリー」

「いいえ、大丈夫ですよ、セディ様。また、パーティーがある時に招待状を送れば喜んで来てくださいますよ」

急に去っていったヴィヴィアンを気にしたセディだが、絵里からの言葉に頷くと、残っている男性達と話を続けるのであった。


「それは本当なのか!?」

「はい。残念ながら、本当に悪い知らせです。これほどの最悪な報告をしないといけない事を残念に思っております。そして、相手は確かにそう言っておりました」

一足先にパーティーから退席していたドリンコート伯爵が怒鳴り声をあげていた。

報告をしているのは、ハビシャムだ。彼も青い顔をしており、内容が深刻であることが分かる。

「なぜ、今になって出てきたのだ。なんと言っているか聞いたのか、ハビシャム」

いつもの老紳士ぶりがどこに行ったのかと思うほど、ハビシャムの顔色は悪く、同席していたコンスタンシアは顔面蒼白《そうはく》で、夫であるハリーにもたれかかっていた。

「私の事務所へ押しかけて来たのです。そして彼女はロンドンで出会ったドリンコート伯爵のご長男でらしたベヴィス様と結婚したと言っております。結婚証明書も持っておりました。結婚して一年で別れ、手切金をもらったそうですが、別れた後に身籠《みご》もっていたことがわかったと。彼女には五歳の息子がいます」

「くっ、何たる話だ。それとハビシャム、そんな顔をするな」

「いえ、どうしてもフォントルロイ様を思うと……」

ハビシャムの顔はセディの未来を思って暗くなっていた。先ほどまではドリンコート伯爵の後継者であるフォントルロイだと思っていたのに、エロルとアニーの子息としか呼べなくなるのだ。

イギリスの法律で世襲《せしゅう》の場合は長男が継《つ》ぐとなっているため、長男に息子が居るなら、その子がドリンコート伯爵を継ぐ事になるのだ。

つまり、セディはフォントルロイの称号を剝奪《はくだつ》される。

「儂のような癇癪持ちの老人を『お爺さま』と呼んで慕《した》ってくれたフォントルロイに何も残す事が出来ないのか。あの子は儂なんかよりも素晴らしい伯爵になっただろうにだ！　我が一族の誉《ほま》れになっただろうに！」

怒りのあまり、ドリンコート伯爵が手に持っていたステッキで目の前にある机を強打する。机にあったグラスが割れ、大きな音を立てた。何事かとやってきた使用人を怒鳴りつけて追い出す姿は、セディや絵里と会う前の悪魔伯爵そのものであった。

「モリニュー、その顔をフォントルロイには見せないで頂戴ね」

「ああ、すまない。冷静さがなくなっていたようだ」

青い顔のままでコンスタンシアがドリンコート伯爵に告げる。自分が怒りの余り取った行動に反省し、使用人を呼ぶベルを鳴らす。恐怖に怯《おび》えながらやってきた使用人に謝罪しながら、割れたグラスを片付けるように命じる。

驚いたのは使用人である。ベルが鳴らされ、恐る恐るやってくると謝罪をされたのである。

「そ、そんな。旦那様に謝罪されるなんて恐れ多いです」

「構わん。儂の手落ちだ。片付けたらコーヒーを持ってこい」

恐縮している使用人に気にするなと手を振り、新たな仕事を与える。慌ただしく片付け、去っていく姿を見ながら、ドリンコート伯爵は顔を覆《おお》っていた。

「今の報告を聞く限り、ベヴィスの相手もアメリカ人だったな。なぜ、同じアメリカ人なのにこうも違うのだ」

「それはフォントルロイの父親が聡明だったからでしょう。お兄様が追い出した、あの子こそが真の貴族だったのよ」

「そんな事は分かっておる。今更言わんでいい」

コンスタンシアの言葉に伯爵が傷ついた顔になると彼女も言い過ぎたと思い、すぐに謝罪する。二人は争っている場合ではない。何かいい方法がないのか。そう考えていると、一つのアイデアが浮かんだ。

「お兄様」

「コンスタンシア」

二人は顔を見合わせると、頷き同時に口にした。

「「エリーをここに」」

「お呼びにより参上しました」

急な呼び出しに何事かと絵里は首を傾げる。ドリンコート伯爵、コンスタンシア、ハビシャム。重要キャラが三人も集まっている。

――ひょっとして。

最終イベントが発生したのだと気付いたタイミングで、ハビシャムが話し出した。

「最悪の知らせだ。亡くなったベヴィス様に息子がいると判明したのだ」

「フォントルロイじゃなくなって、唯《ただ》のセディになってしまうの」

コンスタンシアが涙を流していた。そしてドリンコート伯爵からイギリスの法律では全てのものを長男に引き継ぐ必要があり、ベヴィスの息子に全てが継承される事になると説明を受ける。

「なんとかならんか、エリー」

無理だろうが一縷《いちる》の望みを持って呼び出した絵里に、ドリンコート伯爵が確認すると、しばらく考えて軽い感じで返事があった。

「なんとかなると思いますよ、旦那様」

「そうじゃな、流石《さすが》にエリーでも……。なんじゃと!」

あまりの驚きにドリンコート伯爵が椅子《いす》から勢いよく立ち上がる。コンスタンシアも驚きのあまり涙が止まっており、いち早く復活したハビシャムが震える声で絵里の肩を摑《つか》んできた。

「本当になんとかなるのか。思い付きで言っているのではないのだろうね」

「もちろんです。相手の名前はミナと言いましたよね。再度、確認が必要ですが、その人なら、知り合いの関係者の可能性が高いです。ハビシャムさんはミナと会ってますよね？　もう一度、特徴を教えてください」

「どうして相手の名を知っているのだ？」

「それは……営業秘密です」

お茶目な表情の絵里を見て、冷静さを取り戻したハビシャムが呆れたように息を吐く。本当にこの娘は何者なのだ、とでもいうように。そして、説明を始めた。ツリ目で、少しでも気にいらない事があると癇癪を起こし、物まで投げる始末。そして、側《そば》には、ミナがフォントルロイだと主張する、トムと名乗る少年がいた。

「ちなみに、その少年の顎《あご》に傷跡はありませんでしたか？」

「ああ、そう言えばあったな。本当に、いったいなぜ、それを見てないエリーが知っているのかね」

「やっぱり、そこは原作通りなんだ」

小さく呟き頷いた絵里は、相手が小説に登場するミナとトムだと確信し、ドリンコート伯爵に電報を使う許可をもらう。

「本当は電話の方がいいのだけど」

電話を選択《せんたく》出来なかったのは通話料金が高額になるからでなく、イギリスには電話が全く普及していないからだ。この頃アメリカではグラハム＝ベルが登場しており、民間の力によって電話交換局も開設されネットワークが拡大していた。

逆にイギリスでは国営事業として取り扱われており、政府が民間を主導する形で事業が展開しているせいで、普及には程遠い状況であった。

ただ、電報であっても、絵里が目的とする人物への連絡は容易であり、手紙などに比べると断然に早い。

「旦那様。裁判を起こしましょう。時間を稼《かせ》ぎたいです」

「詳細を話せ。貴族が裁判を起こすんだ。新聞屋が群がってくる」

あっけらかんと話す絵里に、ドリンコート伯爵が渋《しぶ》い顔をする。息子達が次々と死んだ際に、醜聞《しゆうぶん》記事として面白おかしく書き立てられた事を思い出していた。その事情を知っている絵里は頷くと、今後の動きを話し始める。

「なるほどな。それが確実なら、フォントルロイはそのままだな。いいだろう。このままでは暗い未来しか待っておらん。エリーの策を信じようじゃないか」

「では、私はアメリカに一旦《いったん》戻ります」

さらに詳細を詰めた一同は互いの役割を把握《はあく》し、打てる手を打つと約束しながら解散した。

# 第七話　物語は終わりに向かって

「エリー！　嫌だからね、僕も付いて行くから！」

翌朝、ドリンコート城にセディの大声が響き渡る。

絵里《えり》はイギリス人の標準的な旅服をしており、七歳児の可愛《かわい》らしさがあった。見送りで集まっていたドリンコート伯爵《はくしゃく》やハビシャム、コンスタンシア、使用人や普段から絵里に世話になっている者達が集まっている。

皆、一様に絵里の可愛らしい姿を褒《ほ》めたり、アメリカへの旅路が無事に済むようにと話しに来るのだが、絵里の腰に視線を落とし、苦笑すると「頑張って」と離れていく。

「ねえ、セディ様……くっ！」

自分の腰に視線を向けると、そこには目を潤《うる》ませながら逃さないと言わんばかりにしがみついているセディの姿があった。

「あのね」

「やだからね！」

なんとか説得をしようとする絵里だが、いつもの聞き分けのいい姿はなく、年相応の駄々っ子になっていた。こんなセディを見た事なく、どう対処したらいいのか検討もつかない。

そろそろ出発しないと、出航時間に間に合わなくなる。ここまで懐《なつ》かれるのは名誉《めいよ》以外はないのだが、このタイミングでは嬉《うれ》しいけど、正直困る。

「ねえ、セディ。聞いて欲しいの」

「なに？　一緒に行く以外は聞かないよ」

さらにしがみつく力を増しながら、顔を腰に埋《うず》めくぐもった声を出す。そんなセディの頭を撫《な》で、優しく話しかける。

「私もセディと一緒にいたいよ。でも、今、セディの未来が大変な事になろうとしているの。だから私がそれを解決するために、アメリカに戻る事になったの。昨夜、ベッドで説明したよね」

「うん」

アメリカに一旦《いったん》戻ると告《つ》げた時のセディは大変であった。今のように腰にしがみつかれているのは可愛いくらいだ。号泣され、抱き付いて二度と離さないと言われ、お風呂《ふろ》もトイレに行く際にも、パジャマに着替える時でさえも付いてこられたのだ。

それはそれで至福の時間だった。そう思いながら、しがみついているだけのセディが落ち着いたのを見て、会話を続ける。

「セディと離れるのは二十日。毎日、電報を送るわ。短い文章になっちゃうけどね。アメリカでお土産《みやげ》も買ってきてあげる」

少しずつ力が緩《ゆる》んできているのを感じる。話を聞いてくれそうだと安心した絵里が安堵《あんど》していると、ドリンコート伯爵が近付いてきた。

「エリー。そろそろ出発しないと間に合わんぞ」

「お爺《じい》さまも僕とエリーを引き離そうとするんですか？」

再びセディが目に涙を溜《た》めだした。それを見てドリンコート伯爵が焦《あせ》った顔になる。

そして、「もう少しで納得してくれたのに何してくれるの」と言いたげなジト目の絵里に、申し訳なさそうな顔になると引き下がろうとした。

「セディ、早くエリーを離してあげなさい」

そこに、コートロッジからやってきたセディの母親であるアニーがメイドのメアリを伴って姿を現した。もしかしたらフォントルロイ卿《きょう》ではなくなるかもしれない息子の前で、それでも彼女は誇りを失わず、芯《しん》を強くして立っている。

強い口調で、普段の優しげな、悪く言えば気弱な姿はなく、凜々《りり》しく、厳しい目でセディを見ていた。

「エリーは大好きな人なのでしょ。その彼女があなたの為《ため》にアメリカまで行ってくるの。それなのにセディは邪魔をするのかしら」

「そんな訳ないよ！　エリーは大事な人なのだから、邪魔なんてしない。ちょっとエリーとの別れを惜《お》しんでいただけなんだ」

周囲の者が小さく感嘆《かんたん》の声を出すほど、アニーのやり方はスマートだった。セディが名残惜《なごりお》しそうにしながらも離れてくれた事で、絵里がホッとした表情になった。

「ありがとうございます、アニーさん」

「いいのよ。それよりも伯爵様」

セディを回収したアニーが、彼の頭を優しく撫でた後、伯爵の目を真《ま》っ直《す》ぐに見ながら近付いて行く。驚いたのはドリンコート伯爵である。今まで、ろくに会話をしたこともない。話では、ここ最近は積極的に領内へ足を運んでおり、様々な手伝いをしていると報告を受けている。アールズ・コート地区では絵里の策を受けて、土地の管理人のごまかしを排除し、スラムを再生していた。

そして、その優しさは領民達の心を摑《つか》んでおり、フォントルロイを純粋《じゆんすい》で素直に、情《なさ》け深く育てた母親として、まさに聖母であると言われているほどだ。そんな彼女が自分を厳しい目で見ている。

「何かね」

「エリーの事です」

気弱だと聞いていたのに、悪魔伯爵と言われた事もある自分の眼力にも怯《ひる》まずに見返してくるのを感心したように眺《なが》めながらアニーの次の言葉を待つ。

「この子はまだ七歳です。それなのにこのような大役を任せるのは間違っているとは思わないですか？」

「仕方あるまい。今はエリーに任せるしか手が無い。護衛騎士も付けている」

「そういった事ではありません」

身の安全は確保していると話すドリンコート伯爵に、アニーはかぶりを振る。

「では、どうしろと」

「伯爵様、その方だって、きっと私がセディを思うのと同じように、息子さんのことを思っていらっしゃるのではありませんか。ですから、その方が本当にご長男様の奥さまでしたら、私たちはその座を譲《ゆず》るのはまったく問題ございません。ですから、エリーを派遣しなくてもよろしいのです」

「いや、待て」

「エリーは物凄《ものすご》く立派な子です。貧乏《びんぼう》だった私達に救いの手を伸ばしてくれ、ニューヨークで困っている人達もセディと共に助けてくれました。そしてイギリスに来てからも、領民の皆さんの生活向上の為に動いてくれています」

「それは知っている」

「ですから、セディがフォントルロイ卿でなくなり、エリーが専属メイドでなくなっても、こちらでの働き口はご用意頂けるのではないでしょうか」

当たり前の事を並べてどうしたのだ。そう言いたげなドリンコート伯爵に、アニーが囁《ささや》いた。

「エリーをハビシャムさんの養子にして頂くのはいかがでしょう」

「なに？　ふむ、なるほどな。それは良い手かもしれん」

ドリンコート伯爵はアニーがなにを言いたいのか完全に理解した。

「エロル夫人。私は貴方の事を最初から誤解して、それを認める事を嫌がっていたようだ。これほど聡明《そうめい》な方だからこそ、フォントルロイは真っ直ぐに育ったのだろうな。そして、あいつが貴方と結婚したのは正解だった。これまでの非礼を許してくれるだろうか。明日からでも城に住んで頂きたい」

「許すもなにも、最初から感謝しかしておりません。だって、セディへこれほどの愛情を注いでくださっているのですから」

「夫人……ありがとう」

小声で話しているため、周囲の者達にはどんな内容なのか聞こえていない。だが、和《なご》やかな会話で、二人が和解したのは誰の目にも明白であった。

「だがそれでも、いやそれだからこそ、儂《わし》はセドリックに跡目を継《つ》がせたい、すべてをやりたいと、そう思っておる。そのためにも、エリーにアメリカに行ってもらうのが最善なのだ。信じてほしい」

アニーは慈愛《じあい》に満ちたドリンコート伯爵の表情に、納得した。二人の間に明らかな絆《きずな》が見える。

絵里もセディと一旦の別れの挨拶《あいさつ》をしながら、そんな二人を見て嬉しそうにするのだった。

アメリカの新聞でもドリンコート家の醜聞《しゅうぶん》が面白おかしく書き立て売られていた。

港の新聞売りから渡された新聞を片手に、雑貨屋ホッブスと靴磨《くつみが》きディックは憤《いきどお》っていた。

彼らはセディ繋《つな》がりで友人となっており、新聞を読みながらセディの未来を気遣っていたのだ。

「なんであんないい子が、こんな書かれ方をしなきゃいけねえ！」

「『第二のフォントルロイ卿がついにドリンコート城へ出発か？　アメリカンドリームを実現させたはずのセディ少年に暗雲が！』だと。これで面白いと思っていやがるのか」

あの子は、セディは本当にいい子だ。自分達のような貧乏人にも優しくしてくれた。ちょっと生意気なエリーと一緒に、店の立て直しまでしてくれたのだ。そう思いながら新聞を握りつぶしていると、電報を持ったタバコ売りの親方ジェームズがやって来た。

「おい。お前達に電報だ」

「今どき電報だって？」

アメリカでは急ぎの場合は電話が主流であり、まさか電報がやってくるとは思っていなかった。そして、内容を読んで驚きの声をあげる。

「おいおい、エリーから、今、まさに俺《おれ》達が読んでいた新聞の話だぞ」

「セディの事か！」

電報にしては長文であり、四苦八苦しながら読み続ける。そこには新聞でも書かれていた内容がさらに詳しく書かれており、このままではセディがフォントルロイではなくなる。そしてその原因があのミナであり、なんとか〝ベン〟をイギリスに連れて来て欲しい、と書いてあった。

「おい、ミナって、あのミナか」

「知り合いなのか？」

「出来れば知り合いたくなかった最低な奴《やつ》だ」

ディックが吐き捨てるように叫《さけ》び、ホッブスが確認すると思い出すのも嫌だと表情に出しながら頷《うなず》いて説明してくれた。

兄のベンと結婚した女性で、二人の間には息子のトムがいた。ミナは働きもせず、夫の稼《かせ》ぎを全《すべ》て懐《ふところ》に入れ豪遊し、息子に食事を与えもしない。それを注意すると家中の物を投げて発狂したように暴れ回る。

彼女の投げた皿がトムの顎《あご》に当たり、一生消えない傷になってしまっていた。

「それからあいつは事業を起こした兄貴の資金を持ってトンズラしたんだ。お陰《かげ》で兄貴は今でも借金を返すために貧乏ぐらしのままさ！」

「それでエリーからの指示だ。これを使って当面の借金を返済してこい」

ジェームズが懐から大金を取り出す。それはベンの借金を半年ほど払える金額であった。こんな大金をどうしたのかと確認すると、セディの祖父であるドリンコート伯爵が用意したとの事だ。

「それとイギリスへ行く旅費はエリーが用意した。あいつ、まさかあの金に手を付けるなんてな」

ジェームズが苦虫を嚙《か》み潰《つぶ》したような顔になる。まさかイギリスへ旅立つ際に、彼女の為と渡した金を使えと言われるなど思いもよらなかった。

「ちっ、なんの為に身銭を切ったと思っているんだ。ああ、それとエリーが七日後にこっちに来る」

「え？」

アメリカに戻ってなにをするのかと首を傾《かし》げるディックに、ジェームズがさっさとベンを連れてこいと追い出す。そしてホッブスには自分と共に来るように命令する。

「これからハリソンって弁護士に会いに行く」

「なにを頼みに？」

無理やり連れていかれながらホッブスが確認するとジェームズが振り返りながら答

える。

「なにを？　セディって坊主《ぼうず》を助ける為だろうが。ベンをイギリスに連れて行くのに、借金が残ったままで出国できると思っているのか？　ギャングにまで金を借りやがって。このままだったら、エリーにも迷惑をかけるじゃねえか。お前には色々と手伝ってもらうからな」

それから慌ただしく一週間が過ぎていった。

「親方！」

「おう、久しぶりだなエリー。それにしてもお前の周りはいつも大変だな」

ニューヨーク港に降り立った絵里を迎えてくれたのは、親方と慕《した》うジェームズであった。年齢にそぐわない佇《たたず》まいであり、相変わらず妙な貫禄《かんろく》があった。

満面の笑みを浮かべた絵里がジェームズに抱きつくと親愛のキスをする。自分が来るまでに色々と動いてくれた結果が目の前にあるからだ。

「おい！　小っ恥ずかしい事をするな」

「親方の事は二番目に大好きだから！　こんな有能な部下が欲しいわ」

「はっ！　それは光栄だな。一番がセディってのは知ってるぞ。ほら、時間がねえんだろう。事情は把握《はあく》している。さっさと片付けてこい」

　ジェームズは大きく笑うと絵里の両脇《りょうわき》を掴《つか》んで持ち上げる。そして肩に座らせると集まっている集団へ体を向ける。

「ほら、挨拶をしろ」

「初めまして、ハリソン弁護士。高いところから失礼します。ドリンコート伯爵の後継者であるフォントルロイ卿セディ様の専属メイドのエリーと申します」

　ハリソンは厳《いか》ついジェームズの肩に乗りながら見事に挨拶をする少女を眺めていた。目の前の光景が信じられない。あのジェームズの肩に乗り優雅に笑う少女は何者なのか。

　しばらく首を上向けて眺めていたハリソンだったが、我に返ると笑顔を向けた。

「お声掛け頂きありがとうございます。私を指名して頂き感謝しております。ベンさんの借金返済についてはお任せください。ところで貴方様はどういったお方でしょうか？　イギリスの貴族であるドリンコート伯爵と縁があり、ギャングキーパーの肩に乗るような豪胆な方なのは分かりますが」

「ギャングキーパー？　なにそれ」

　ハリソンの説明によるとこうだ。ジェームズは表の顔はたばこ売りの元締めだが、裏の顔はギャングも一目置くほどの人物であり、ニューヨークの秩序《ちつじょ》を守っている——。絵里もそれは知っていたが、そんな二つ名があるなんて知らなかった。絵里から視線を向けられ、少し恥ずかしそうなジェームズが顔を赤らめる。

それを見た絵里が、「なるほどね」と悪戯《いたずら》っぽく笑った。

「わかったわ、ギャングキーパーなんて呼ばれ方は格好悪いから、もっと格好いい名前がいいわね。守護騎士、なんてどうかしら、親方」

「そっちかよ！　確かに俺も少し格好悪いと思ってたけどよ。……いいだろう、今日から俺はお前の守護騎士だ、エリー」

楽しそうにしているジェームズに絵里も笑う。そして、アメリカに残るメンバーへ声をかける。

「ハリソンさん、ディックさん、ホッブスさん。貴方達はアメリカに残ってベンさんの借金返済や、事業継続をお願いします。本当は親方には一緒にイギリスに来て欲しいけど、こっちに残って皆を守ってね」

「な、なあ。俺はどうしたらいいんだ。急に連れてこられて意味が分からん。それにミナには二度と会いたくないんだ」

とんとん拍子《びょうし》で話が進んでいく中で、一人だけ取り残されたベンが情けない声を出していた。よほど酷《ひど》い目にあったのか、及び腰になっており、イギリスへ連れていかれると聞いて様々な言い訳をしながら渋《しぶ》っていた。

蜻蛉《とんぼ》返りの出航であり、あまり時間がない絵里は、ジェームズの肩から降りると懐から一〇〇ポンドを取り出してベンに押し付けた。

「これが報酬《ほうしゅう》よ。グダグダ言ってないで行くわよ。息子のトムとの生活に使いなさい」

「ミナはどうでもいいが、トムにはなんの罪もねえ。わかったよ、嬢ちゃん。それとこの金は受け取れねえな。借金も肩代わりしてもらった分はきっちり返済する」

絵里からの叱責《しっせき》で目を覚《さ》ましたのか、ベンの目には強い炎が見えた。やる気になったのを確認し、ジェームズへ微笑《ほほえ》みかける。

「では、我が守護騎士よ。私はイギリスへ戻ります。後は頼みましたよ」

「仰《おお》せのままに」

絵里の言葉にジェームズは、大仰《おおぎょう》に礼をするとニヒルに笑った。

「とりあえず、これまでの経緯についての認識を合わせておきましょう」

ジェームズ達と別れ再び船旅に戻った絵里が甲板でベンと話していた。お互いが持っている知識の擦り合わせを行い、イギリスに着いた後の行動も話す。

「つまり、ミナはイギリスの貴族様に喧嘩《けんか》を吹っ掛けたと」

「そう。あっちが証明書として提出している物は瑕疵《かし》が多過ぎて裁判になっているわ。もし負ける事があればトムも罪に問われる」

「それだけは絶対駄目だ」

握り拳《こぶし》を作ったベンを見て、絵里も力強く頷く。そう、もうすぐ物語も終わりを迎える。小説ではこれを乗り切ればハッピーエンドだ。

「ええ、そうね。だから頑張って。期待しているわ」

絵里の言葉にベンは大きく頷く。その後、船は順調に進み、当初の予定通りにリバプールへ到着する。そこには馬車が到着しており、ハビシャムが和やかな笑みを浮かべていた。

「ハビシャムさん！　お待たせしました」

「お帰り、エリー。その様子だと無事に証人を確保出来たようだね」

早速、馬車に乗りこみ、情報交換を始める。なんとか時間稼ぎには成功している。そうハビシャムから説明を聞き、絵里は安堵のため息を漏《も》らす。そして、縮こまっているベンを紹介する。

「今回のキーマンであるベンさんです。彼の一言は全てを撃ち抜くロンギヌスの槍《やり》になります」

「ふふっ、それはいい例えだね。ロンギヌスの槍を持つ者が世界を統《す》べる。まさに、今の状況と合致している」

絵里とハビシャムは楽しそうに話して笑っている。ベンにはその例えが何かが分からず戸惑っていたが、自分が重要人物だと再認識して拳を握りしめた。


絵里達がコートロッジへ向かっていると、何やら騒動が起こっているようであった。

「なにかあったのかしら。急いで向かってください」

「はっ、畏《かしこ》まりました。しっかりと摑まって下さい」

御者《ぎょしゃ》が馬に鞭《むち》を入れる。スピードを上げ、コートロッジへ着くと勢いよく馬車から降りる。その目に映ったのはセディの母親アニーと、渦中《かちゅう》の人物であるミナが争っている光景だった。

「ここも私の家になるんだ！　お前は早く出ていけ。今すぐだ！　お前と出来の悪い息子には一セントも渡さない！」

「貴方にセディを悪く言われたくはありません！」

耳障《みみざわ》りな甲高《かんだか》い声で捲《まく》し立てているミナを、アニーが静かに怒りを目に宿しながら反論していた。

「そこまでよ！」

絵里が両者の間に入る。突然の乱入者に驚くが、ミナは七歳の少女だと分かると馬鹿にしたように笑いだした。

「邪魔するんじゃないよ！　私はフォントルロイ卿の母親になるミナ様だぞ！」

蔑《さげす》むように笑っているミナに、絵里は冷たい目を向けて言い放った。

「貴方はフォントルロイ卿の母親を名乗る資格は無い。そもそも権利すら持っていない。なのに滑稽《こっけい》な事を喚《わめ》き立てている」

絵里の言葉にミナが真っ赤な顔になって近付き、安っぽい香水とアルコールの臭《にお》いを撒《ま》き散らしながら叫ぶ。

「なにを言ってるんだい。これだから学のない子供は嫌いなんだよ」

「まさか学がないと言われるなんて吃驚《びっくり》だわ。まあ、今回の場合は学なんて関係ないけどね。ベンさん出番ですよ」

「久しぶりだな」

ミナの言葉に思わず絵里は笑いながら、後ろに控《ひか》えていたベンと対面させる。アメリカにいるはずのベンが目の前に現れパニックになるミナ。

「な、あ、あんたなんて、私は知らないよ！」

「お前が知らなくても、俺も、周りも、いくらでも知っている奴はいるよ。お前の親《おや》父《じ》さんも生きてるだろう。その人たちを連れてくれば、お前が俺の妻だったかどうか、ちゃんと証言してくれるだろうぜ！」

ベンは自分がミナにとってどういった人物かを声高に説明する。

「大丈夫でしたか、アニーさん」

ベンがミナを追い込んでいくのを眺めながら、絵里はアニーに近付き声を掛ける。

先ほどまでは凛々《りり》しく対応をしていたのだが、少し安堵したのか、いつものような気弱な姿を絵里に晒《さら》していた。

「ありがとう、無事に帰ってこられたのね。セディも喜ぶわ」

「もう少し早いタイミングで戻れれば良かったです」

「そんな事はないわよ。エリーの格好いい台詞《せりふ》が聞けたからね」

絵里の言葉にアニーが答える。余裕はあるようだ。そう思いながら、ベンとミナに視線を移す。最後の台詞だと言わんばかりに、ベンがさらに声を張り上げた。

「俺達の息子トムは元気か？」

「なに言っているのよ!? あの子はフォントルロイになる子なの！ 貴方とは関係ないわ！」

ベンが震えている男の子に視線を向ける。髪の色からして、ベンとトムはそっくりである。さらに、決定的な証拠とも言える顎の傷があった。

「これで確定ね。ハビシャムさん、トムの保護をお願いします」

「そうですね」

だがそうしてトムに注意を向けている間に、ミナへの対応が疎《おろそ》かになってしまった。

絵里の体が地面に叩《たた》きつけられる。鬼のような形相《ぎょうそう》でミナが突き飛ばしたのだ。

「あんたが全て手を回したんだろう！ この魔女め！」

「私が魔女なら、おばさんは嘘《うそ》つき尻軽女だね！」

「なんですってぇえ！」

首を絞められそうになるのをなんとか阻止《そし》し、ミナの悪態を倍にして返す。おばさん扱いされたミナはさらに激昂《げっこう》して拳を作ると絵里を殴《なぐ》りつけようとした。

「あ、これ拙《まず》いかも」

七歳児の体は華奢《きゃしゃ》である。そして、ミナは顔を殴ろうとしている。

――腫《は》れ上がった顔をセディが見たら悲しむだろうな。

そして、そこで悟《さと》った。

――私の物語は、ここでお終《しま》いなんだ。セディをハッピーエンドに導いて、役目は終わる。

何故か絵里に向かってくるミナの拳がゆっくりに見えた。

――さよなら、セディ。

そう心の中で呟く。

と、城の方向からコートロッジに向かって爆音が届いた。

大砲による空砲射撃なのだが、あまりの巨大な音に一同の動きが止まる。そのタイミングを縫《ぬ》うように、騎馬隊がこちらに向かって突撃するのが見えた。

「セディ？」

先頭を切るのはポニーに乗ったセディである。絵里の危機を見てとると、雄叫《おたけ》びを上げながら突っ込んできた。

「僕の大事なエリーになにをしようとしている！」

ポニーとはいえ、勢いよく迫られては恐ろしい。ミナは慌てて絵里から降りると逃げ出した。そんな後《うし》ろ姿には全く興味を示さず、セディはポニーから降りると絵里に全力で飛びつく。

「儂の領地で狼藉《ろうぜき》とは舐《な》められたものだ。捕まえて地下牢《ろう》に放《ほう》り込め」

巨大な白馬に乗ったドリンコート伯爵が怒りの表情でミナを睨《にら》みつけ、騎士団に命令を出す。追い立てられるミナを見る余裕は絵里にはなかった。

「ちょ、ちょっとセディ、やめて」

抱きつかれ、顔中にキスの雨を降らせるセディをなんとかして欲しい。こんなご褒《ほう》美《び》は嬉《うれ》しすぎて心臓が破裂しそうだ。

捕り物劇も終わり、絵里の無事を確認しにきた一同は二人の様子を見て、一瞬呆気《あっけ》に取られた後、状況を把握して笑いながら祝福をする。

「良かったな、エリー」

「フォントルロイ様ったら情熱的ね」

「いやいや！　助けて。出来れば誰も居ない所でお願いしたいの」

誰も助けてくれず、情熱的なキスを続けるセディに絵里の顔は真っ赤だ。そんな様子を見てアニーも笑いながら「エリーを離さないように、早々に結婚しなさいなセディ」と言い出す始末である。

「それはいい！　ねえ坊ちゃん！」

メイドのメアリが嬉しそうに笑う。

「離しちゃ駄目ですぜ、フォントルロイ様」

「もちろん！」

アニーの言葉に、さらに湧《わ》き起こる大歓声。満面の笑みを浮かべて頷くセディ。オロオロとしながら周囲を見る絵里が、最後の頼みだと近付いて来たドリンコート伯爵に視線を向けた。

だが、彼の顔を見て「あ、これ駄目かも」と思ってしまう。今まで見たこともない笑顔を浮かべているのだ。そして、次の言葉に覚悟を決める。

「エリーはまさに神が使わせて下さった小天使だ。ならば我がドリンコート家は喜んで歓迎しようではないか」

「ありがとうございます！　お爺さま」

「では、まずはエリーのご実家に許可を取りませんと。その後は、家格として私と養子縁組ですな。法的手続きはお任せを」

ハビシャムも笑みを浮かべて今にも手続きを始めそうだ。絵里は乾いた笑いを出しながらセディと目を合わせる。

そこには二週間見なかっただけなのに、急速に男らしくなったセディがいた。セディは満面の笑みで耳元で囁く。

「君を幸せにすると言ったよね。大好きだよ愛《いと》しい人」

真っ赤な顔になりながら、絵里は思わず頷く。

「いいのかな、私は、この世界で幸せになっても」

――もちろんだよ！　セディの事をこれからもよろしくね。絵里お姉ちゃん

心の中からエリーの声が聞こえたように感じた。そして胸に温かい感情が広がっていく。

「これからもよろしくね」

今の声はエリーだったのか、セディなのか、感極まって俯いていた絵里には分からなかった。だが、自分の手を握っているのはセディだ。絵里は初めて自分からセディへキスをする。そして顔を見合わせて微笑むと、祝福が溢《あふ》れている場所へ向かって歩いていった。

本書はハルキ文庫の書き下ろし作品です。

う 13-1

転生小公子《てんせいしょうこうし》
著者 羽智《うち》 遊紀《ゆうき》

2022年6月28日第一刷発行

発行者 角川春樹
発行所 株式会社角川春樹事務所
〒102-0074 東京都千代田区九段南2-1-30イタリア文化会館
電話 03(3263)5247(編集)
03(3263)5881(営業)
印刷・製本 中央精版印刷株式会社
フォーマットデザイン bookwall


ISBN978-4-7584-4499-6 

http://www.kadokawaharuki.co.jp/[営業]
fanmail@kadokawaharuki.co.jp[編集] ご意見・ご感想をお寄せください。

すかいふぁーむの本

# 転生ロミオとジュリエット

シェイクスピアの名作が時を越え“生まれ変わる”！　日本の女子高生・久坂樹里が目を覚ますと、そこは十四世紀のイタリア・『ロミオとジュリエット』の世界だった!?　しかも自分は「ジュリエット」と呼ばれている……！　幼馴染×転生×名作。ロミオは誰で、二人は悲劇を覆すことができるのか！「ああ富雄、あなたはどうしてロミオなの？」byジュリエット（樹里）

かたなかじの本

## 転生マクベス

シェイクスピアの名作が時を越え“生まれ変わる”！　シェイクスピア四大悲劇の一つと言われる『マクベス』。三人の魔女による予言に囚われた結果、非業の死を迎えるマクベスだったが、その彼が“予言”の存在を見ることのできる眼を授かったとしたら!?　愛しき妻と共に、破滅から逃れるための新たなる生が始まった！「人生は舞台、人はみな大根役者――されど、誰もがその舞台の主役だ」byマクベス

Re：文庫

内田　健の本

## 転生オズの魔法使い

名作ファンタジーが時を越えて“生まれ変わる”！　ドロシー・ライオン・ブリキの木こり、そしてわらのかかしが冒険する、「オズ」の世界。しかし、“何者か”に改変を受け、異変が起きていた。それを食い止めるべく呼ばれたのは、日本の高校生たち!?　しかも主役の四人に転生させられ……。

ファンタジー世界を生き残れ！

「君たちは全員、オズの魔法使いの登場人物だ」by 北の魔女